UM AMOR
em
MELDON HALL

Editora Appris Ltda.
1.ª Edição - Copyright© 2024 da autora
Direitos de Edição Reservados à Editora Appris Ltda.

Nenhuma parte desta obra poderá ser utilizada indevidamente, sem estar de acordo com a Lei nº 9.610/98. Se incorreções forem encontradas, serão de exclusiva responsabilidade de seus organizadores. Foi realizado o Depósito Legal na Fundação Biblioteca Nacional, de acordo com as Leis nos 10.994, de 14/12/2004, e 12.192, de 14/01/2010.

Catalogação na Fonte
Elaborado por: Dayanne Leal Souza
Bibliotecária CRB 9/2162

S586a
2024

Silva, Edileusa Maria da
  Um amor em Meldon Hall / Edileusa Maria da Silva. – 1. ed. – Curitiba: Appris, 2024.
    105 p. : il. ; 21 cm.

ISBN 978-65-250-7081-0

1. Campo. 2. Amor. 3. Destino. I. Silva, Edileusa Maria da. II. Título.

CDD – B869.93

Appris
editora

Editora e Livraria Appris Ltda.
Av. Manoel Ribas, 2265 – Mercês
Curitiba/PR – CEP: 80810-002
Tel. (41) 3156 - 4731
www.editoraappris.com.br

Printed in Brazil
Impresso no Brasil

Edileusa Maria da Silva

UM AMOR
em
MELDON HALL

Curitiba, PR
2024

FICHA TÉCNICA

EDITORIAL	Augusto V. de A. Coelho
	Sara C. de Andrade Coelho
COMITÊ EDITORIAL	Marli Caetano
	Andréa Barbosa Gouveia (UFPR)
	Edmeire C. Pereira (UFPR)
	Iraneide da Silva (UFC)
	Jacques de Lima Ferreira (UP)
SUPERVISORA EDITORIAL	Renata C. Lopes
PRODUÇÃO EDITORIAL	Bruna Holmen
REVISÃO	Andrea Bassoto Gatto
DIAGRAMAÇÃO	Amélia Lopes
CAPA	Eneo Lage
REVISÃO DE PROVA	Bruna Santos

PARA O MEU FILHO, ARTHUR ALVES RIBEIRO

MÃE MARIA FILHA DA SILVA

IRMÃOS

ADAILTON BATISTA

FRANCISCO DAS CHAGAS

VALNEI BATISTA

JOYCE ELAINE BATISTA

PAULO FRANCIS SANTOS BORGES

SUELY MENDONÇA

LAURA MENDONÇA

LEANDRO MENDONÇA

LUCAS MENDONÇA

RUBYA MACHADO MENDONÇA

RUTILEIA SABINO DE OLIVEIRA

EVA VILMA CARDOSO HERCULANO

NILDA MALDONADO

LEIDE MATOSO

AMANDA ALMIRÃO ALVES

FLORÊNCIA ÂNGELA SANTANA

ELIZABETH NOVAIS

SUZANA LOPES DA COSTA

MARIVONE SARMENTO FIGUEIREDO

FRANCIELE INACIO FERREIRA

AMIGOS DE CAMPO GRANDE

MILTON GARCIA LEAL JUNIOR

ANTONIO ADONIS MOURAO

TAKAI KUSHIDA

AILTON HARUO KUSHIDA

KICUE ICHI

TIEKO ICHI

MAÇAI BEPU

ALBERTINA RODRIGUES MENDES

JUCINEA ALVES DOS SANTOS

MARIA ZENICLEIDE SILVA

EQUIPE DO POSTO GUANABARA, AGRADEÇO PELO APOIO E CARINHO

EQUIPE DO CAS, OBRIGADA PELO APOIO

AOS MEUS PATROCINADORES DEIXO OS MEUS AGRADECIMENTOS

PREFÁCIO

Apresentar uma narrativa romântica em um contexto predominantemente digital pelo qual passamos é um desafio que a autora Edileusa Maria da Silva enfrenta, pois se trata de contar a história de um amor em tempos de incertezas, conflitos familiares e pessoais comuns na vida do ser humano.

Assim, conhecendo a essência criativa da debutante literária, sua escrita reflete um pouco de cada mulher que sonha, tem seus objetivos e precisa ser valorizada, seja na realidade ou na ficção. Por outro lado, infere-se que a protagonista de *Um amor em Meldon Hall* carrega em si algumas nuances da autora, uma vez que toda criatura tem um traço do seu criador.

A saga de Anny Gomes e Roberson Samper, casal protagonista desta obra, reforça a teoria de que o amor morre e nasce nos pequenos detalhes. Quem acha que descobre o amor apenas num olhar engana-se. Com a leitura deste romance vai entender que os descaminhos também podem levá-lo ao sucesso amoroso... ou não.

Os momentos da narrativa parecem conduzir o leitor a um desfecho positivo nas primeiras palavras e imagens que o texto apresenta, mas só lendo para entender o inadmissível. Nem sempre é o que se propõe inicialmente, mas após um trabalho árduo de criatividade e ligação entre autor, obra e leitor, podemos chegar a um denominador comum: o amor!

Suely Mendonça

Possui especialização e mestrado em Letras pela Universidade Federal de Mato Grosso do Sul (2003). Tem experiência na área de Letras, com ênfase em Literatura, atuando principalmente nos seguintes temas: literatura e cultura paraguaia, cultura sul-mato-grossense, crítica genética, manuscritos, criação literária e acervo literário. Doutora em Literatura e Vida Social pelo Programa de Pós-graduação da UNESP de Assis, bolsista do CNPq, abordando a representação da mulher paraguaia nos contos de Josefina Plá

SUMÁRIO

I 11

II 19

III 27

IV 35

V 43

VI 49

VII 55

VIII 61

IX 67

X 73

XI 79

XII 85

XIII 93

PATROCINADORES 105

I

"Aquele que quer permanentemente 'chegar mais alto' deve esperar que um dia será invadido pela vertigem".
Milan Kundera

É uma tarde chuvosa. Anny Gomes sai para fazer compras, mas tem que ficar no povoado até que a chuva passe. Então, quando se encaminha para a casa, tranquila e distante, avista um luxuoso carro. Para, fica observando e imaginando quem seria o dono daquele lindo automóvel.

Enquanto estava parada perto da calçada, chega um senhor, que fica ao seu lado. Ele, sem parar de olhar para o carro, fala:

— Esse carro é do senhor que mora na mansão onde só vive ele e os criados. Ele é um bom moço, pois sempre que pode ajuda o povo do povoado.

Anny fica olhando para o carro, que já sumia em direção àquela linda mansão. Ela sorri para o velho e responde:

— Eu já ouvi alguns comentários sobre ele. Umas pessoas dizem que é bom, outras que não passa de um explorador dos funcionários.

O velho olha para a moça e diz:

— Para quem o conhece há muito tempo, ele é um bom homem. As pessoas falam muito, moça.

Anny olha para o senhor e nota uma expressão de satisfação em seu olhar quando fala do senhor do carro luxuoso. Ela não aguenta e lhe pergunta:

— Desculpe-me perguntar, mas o senhor o conhece há muito tempo?

O velho senhor sorri para Anny, demonstrando ter muito interesse pela conversa, e responde:

— Claro que o conheço! O senhor Roberson Samper é como se fosse meu filho. Um dia, quem sabe, você o conhece e verá que não estou enganado.

Anny sorri para o velho senhor, fica um pouco intrigada com as últimas palavras dele, porém concorda:

— Vai ser realmente um prazer conhecê-lo.

O velho senhor fica feliz com o que ouve, estende a mão e diz:

— Oh! Desculpe-me... Eu sou o senhor Jonas Moraes.

— É um prazer conhecê-lo, Sr. Moraes. Sou Anny Gomes, mas pode me chamar de Anny.

— Oi, Anny. Será um prazer vê-la novamente. Anny, onde você mora? – pergunta-lhe Jonas.

— Moro perto daqui, em uma fazenda, com minha mãe, Giovanna Gomes. Pode ir nos visitar, senhor Moraes. Mamãe ficará contente em conhecê-lo.

— Obrigado pelo convite. Eu irei visitar você e conhecer sua mãe – responde Jonas, sempre com um largo sorriso.

— Bom, tenho que ir, Sr. Moraes. Vou esperar pela sua visita.

Dizendo isto Anny começa a caminhar. Por um instante, ele fica ali, olhando-a seguir por uma estrada que certamente iria para a casa dela.

Anny mora com sua mãe há muito tempo, em uma casa perto do vilarejo. Seus pais casaram-se no Brasil e foram morar em Londres. Sua mãe fica grávida e nasce a pequena Anny. Quando o pai as abandona, a menina tinha apenas 8 anos de idade. Elas mudam-se para Meldon Hall, e Giovanna compra uma pequena fazenda com o dinheiro que economizara quando era casada. O Sr. Gomes fica morando com outra mulher em Londres. Anny gosta de morar em Meldon Hall e jamais pensa em deixar aquele pequeno povoado.

Ao chegar em casa, sua mãe estava esperando-a em uma poltrona, fazendo crochê.

— Já cheguei, mãe – diz Anny, entrando em casa.

— Graças a Deus que já chegou. O tempo está virando para uma grande chuva de novo – aponta a mãe, sorrindo.

Ana fala sobre o Sr. Moraes, sobre a visita que ele provavelmente faria às duas e, principalmente, sobre o homem da mansão.

— Filha, fique longe desse Sr. Samper. Todos o chamam de *homem solitário*. Deve ser uma pessoa mal-humorada, porque nunca chegou a se casar – diz, Giovanna.

Anny olha para ela e responde:

— Eu sei, mãe. Não vou me aproximar dele, embora deseje muito conhecê-lo.

— Deixe a curiosidade de lado. Dizem que muitas belas senhoritas foram em sua mansão, mas ele não se interessou por nenhuma delas.

— Não se interessar por nenhuma delas não faz dele um monstro, mãe.

— E você, Anny? Acha que ele iria gostar de você, que é apenas uma moça simples?

Anny fica um pouco triste com as palavras de sua mãe, porém sabia que ela tinha razão.

— Eu sei, mãe. Jamais ele iria se apaixonar por mim, contudo queria conhecê-lo...

Sua mãe fica pensativa por um instante, pois conhece tão bem a filha que começa a se preocupar com ela e com essa ideia absurda de querer conhecer o Sr. Samper.

— Vou tomar um banho – diz Anny e sai em direção ao seu quarto.

Giovanna não queria ver sua única filha ter falsas esperanças como ela teve com seu marido, que lhe deixa por outra, sozinha, com uma filha de 8 anos para criar. Giovanna teve que ser muito forte e trabalhar muito para poder dar à sua filha uma boa educação. Anny ajuda muito no serviço e vive feliz na fazenda. Não quer que a filha tenha uma grande decepção, assim como ela teve.

Anny toma um banho na água fria, pois é disso que precisa naquele momento. Ao sair do banho, veste uma camiseta, uma calça jeans desbotada e, descontraída, murmura:

— Ah! Agora preciso preparar uma boa refeição e depois um bom sono.

Anny é bonita, tem cabelo loiro na altura da cintura, pele alva, olhos verdes, nariz arrebitado, lábios cheios, pernas longas e um corpo esbelto. É uma bela mulher, sempre com um sorriso encantador no rosto.

Giovanna parece com a filha: cabelo louro na altura dos ombros, olhos verdes e alta. Tem 38 anos e Anny 19. Ambas chamam a atenção no pequeno povoado por serem mulheres bonitas. Quando Anny chega na cozinha, sua mãe já preparava o jantar: uma macarronada com molho especial. Ela ri para a mãe e lhe dá um beijo no rosto.

— Cuidado, Anny, senão vai cair macarrão para todo lado – diz sorrindo sua mãe.

Anny responde:

— Tudo bem, Sra. Gomes. Vou preparar um frango assado enquanto a senhora prepara o arroz.

— Anny, nós estamos fazendo tantos pratos gostosos que até parece que estamos esperando convidados em casa – fala a Sra. Gomes, rindo.

— Bem que estou faminta, mãe! Gosto de comer a comida que a senhora prepara. É tão gostosa...

Nesse instante, alguém bate à porta:

— Quem será, Anny?

— Não sei, mãe. Vou ver. Sabe lá quem é a esta hora e neste tempo de chuva.

Quando Anny abre a porta, dá de cara com o Sr. Moraes e outra pessoa que Anny não identifica.

— Boa noite, Anny! – diz o Sr. Moraes ao entrar.

— Boa noite, Sr. Moraes – cumprimenta a moça sorrindo.

— Anny, quero que conheça meu amigo Roberson Samper. Samper, esta é minha amiga, Anny Gomes – fala o Sr. Moraes com um estranho sorriso.

O Sr. Samper sorri e estende-lhe a mão.

— Olá, Miss Gomes!

Anny retribui o cumprimento e lhe diz:

— Boa noite, Sr. Samper. É um prazer conhecê-lo. Sentem-se que vou chamar mamãe. Por favor, fiquem à vontade.

Anny sai em direção à pequena cozinha.

Roberson é alto, tem ombros largos, cabelo castanho-claros. É de um físico escultural, forte e de um belo bronzeado. Tem 25 anos.

O Sr. Jonas Moraes é moreno, cabelo levemente grisalho, alto, esbelto e de olhos pretos fascinantes. Quando Anny retorna à sala com a Sra. Gomes, faz as devidas apresentações e eles se sentam. Com a conversa, os dois homens acabam ficando para o jantar.

— Até que vocês não moram muito longe do povoado – diz Jonas, olhando para Giovanna.

— É verdade – responde Giovanna.

— Vocês vão sempre lá? Pelo que sei, vocês dificilmente vão ao povoado – falou o Sr. Roberson, querendo ficar a par da conversa dos dois.

— Realmente, só vamos lá quando vamos fazer compras ou se for necessário – responde Giovanna.

Anny fica quieta, só escutando a conversa. E sem que ninguém perceba, vez ou outra dá uma olhadinha de soslaio para Roberson.

Sempre que Roberson a olha, Anny finge que não está interessada em seu olhar ou simplesmente fingir não notar. Ele aproxima-se dela, sentando-se ao seu lado.

— Sabia que você é muito simpática? – diz o ricaço.

— Obrigada – responde Anny, sem olhar para ele.

— Percebi que você tem um jeito especial, que a torna mais bela do que as demais moças do povoado – diz Roberson, sem tirar os olhos dela.

— Não acredito nisso, Sr. Roberson. O senhor conhece belas mulheres e nunca se interessou por nenhuma delas. Por que eu devo acreditar no que diz? As moças que tem aos seus pés são muito mais bonitas do que eu; perto delas, eu sou insignificante. E sendo assim, o que eu poderia ter de especial?

— Você está enganada – ele comenta e sorri.

Anny levanta-se, olha nos olhos do ricaço, e responde com a voz cheia de ironia:

— Senhor Roberson Samper, com licença, vou pegar um café para nós.

Anny sai e vai para a cozinha. Chegando lá, sente um frio no estômago e o coração disparado. "Meu Deus! Ele me deixou com os nervos à flor da pele", pensa Anny.

Ela pega a bandeja, vai para a sala e lhes entrega o café. Assim que tomam a bebida, despedem-se das mulheres e vão embora.

Anny e Giovanna conversam um pouco e logo vão dormir.

evilin cristini

II

O AMOR, quando se revela,
Não se sabe revelar.
Sabe bem olhar p'ra ela,
Mas não lhe sabe falar.
(Fernando Pessoa)

Ao amanhecer, Anny sente no rosto os primeiros raios de sol entrando pela janela. Abrindo os olhos, recorda-se dos acontecimentos do dia anterior. Novamente, ela sente aquele friozinho no estômago e uma sensação amarga ao lembrar-se daquele homem que mexe tanto com seus sentimentos. "Será que vou voltar a vê-lo? Ah, isso é impossível", pensou.

De repente, ouve sua mãe chamá-la:

— Anny, já está acordada? – pergunta Giovanna.

— Sim, mamãe, pode entrar – responde a moça, sentando-se na cama.

— Aconteceu alguma coisa, Anny? É estranho você estar deitada. A esta hora você já estava trabalhando – diz Giovanna.

— Oh, não, mamãe, estou bem! Eu só dormi um pouco mais hoje – responde Anny, levantando-se da cama e indo direto para o banheiro.

Enquanto toma banho e lava o cabelo, sua mãe arruma a cama e o quarto, que está um pouco desorganizado.

Anny coloca outra calça jeans desbotada e uma camiseta; calça as botas e toma seu café para ir trabalhar.

— Filha, tome seu café com calma, pois já fui no celeiro, tirei o leite das vacas e já as levei para pastarem. Os cavalos também já estão no pasto – diz sua mãe ao ver a pressa da filha.

— Obrigada mãe – responde Anny, beijando-a na testa. Então pega seu chapéu e vai para o campo.

Anny está escovando seu cavalo preferido, que se chama Trovão, por ser rápido e veloz. Nesse momento, ouve uma voz atrás dela, que já tinha ouvido antes e a faz estremecer:

— Por onde vão começar a trabalhar? É só dar as ordens que os rapazes as atenderão.

Quando se vira, depara-se com um par de olhos cinzentos e seguros do que havia dito. "Só podia ser você", pensa, ao ver o Sr. Roberson Samper na sua frente.

Ela olha e vê três homens à sua disposição. Anny fica séria e responde:

— Não preciso de seus homens, Sr. Samper. De qualquer forma, obrigada pela sua boa ação e agradeço muito.

Roberson finge não ouvir seu comentário, olha para os homens e ordena:

— Rapazes, primeiro terminem o trabalho que a moça começou: escovem os cavalos e leve-os para perto do rio para que bebam água à vontade. Depois, limpem o celeiro e coloquem tudo em ordem.

— Sim, senhor! - eles respondem praticamente juntos e logo vão em direção aos cavalos.

— Esperem, eu não...

Antes de terminar a frase, Roberson interrompe Anny, dizendo:

— Depois, rapazes, apanhem as frutas no pomar, coloquem-nas em suas devidas caixas e levem-nas até meu carro. Levem as frutas até a cidade para serem vendidas. Na volta, tragam o dinheiro para Anny.

— Pode deixar, senhor. Nós cuidaremos muito bem do serviço aqui na fazenda. Só esperamos que a Miss Gomes goste dos nossos serviços – responde um dos homens.

— Eu sei disso. Miss Gomes ficará muito agradecida pelos serviços de vocês – fala Roberson encarando Anny, como se ela concordasse plenamente com o que ele dizia.

Notando o sentido do olhar, Anny responde:

— Claro que ficarei eternamente agradecida. Obrigada por me ajudarem, rapazes. Sei que farão bem feito.

Os rapazes sorriem para ela, felizes com o que ouvem. Roberson pega-lhe pelo braço e começa a caminhar, afastando-se dos rapazes. Anny puxa o braço e, com o olhar fulminante dirigido a ele, diz entre os dentes:

— Quem você pensa que é para chegar aqui na minha fazenda com seus empregados e assumir funções que são de minha responsabilidade?

— Calma, Anny. Só quero ajudá-la – responde ele, olhando para ela.

— Amanhã eu não quero seus empregados aqui, você entendeu? – Zangada, ela sai na tentativa de se afastar dele.

Anny não resiste ao olhar daquele homem, mas sabe que jamais seria a mulher por quem ele se apaixonaria. Então precisa fugir para não correr para os braços dele. Por outro lado, sente raiva por Roberson ter levado os empregados para ajudarem na fazenda, por ter dado ordens como se a palavra dela não significasse nada, e por tê-la feito concordar com ele. Infelizmente, teve que concordar para não ser mal-educada com eles. Se tem uma coisa que Anny não suporta é que se intrometam em seu serviço na fazenda, como Roberson tinha acabado de fazer.

Ele caminha com passos firmes atrás dela e logo a alcança, agarrando-a pelo braço.

— Solte-me! Solte-me! – gritou Anny.

Roberson pega-lhe pelos ombros e a sacode, fazendo com que ela se controle.

— Calma, Anny! Por que tanta raiva e descontrole? – diz o rapaz.

— Sai daqui e não volte nunca mais! – grita desesperada ao sentir as mãos firmes de Roberson em seus ombros, deixando-a mais assustada com a sensação que sente percorrer seu corpo. A preocupação de Anny já passa a ser outra coisa: consigo mesma.

Roberson diz:

— Desculpe-me. Eu só quero te ajudar, Anny. Jonas falou-me de você ontem. Por isso vim te visitar, pois queria apenas conhecê-la e ajudá-la.

Tensa e nervosa, ela responde:

— Eu não preciso de sua ajuda!

Roberson a solta e diz:

— Jonas esqueceu-se de me avisar que você tem raiva de mim.

Anny olha nos olhos dele e vê uma sombra de decepção. Ela desvia o olhar e fica pensativa por uns minutos. Não tem coragem de olhar ver a frustração nos olhos dele. Veem em sua mente: "O que se esconde atrás desse olhar?". Ela se sente mal. "O que será que aconteceu com esse homem no passado?".

Realmente, tinha sido muito grosseira com ele e, para sua surpresa, ouve-o dizer:

— Engraçado, acabamos de nos conhecer e já estamos brigando por nada.

Anny sorri, tentando ser gentil, pois ele tem razão. Que modo de ser amigo... "Tenho medo, meu corpo reage de um modo estranho, não como amiga", pensa.

Roberson continua falando:

— Desculpe-me por ter trazido os rapazes sem sua permissão. Amanhã prometo que eles não virão.

Anny fica quieta por uns instantes e depois fala:

— Tenho que pedir desculpas, pois fui muito grosseira com você.

Roberson olha nos olhos de Anny e diz:

— Não! Você não teve culpa. Eu que devia ter lhe dito antes se podia trazer alguns empregados para ajudá-la na fazenda.

— Então nós dois somos culpados. Eu estava um pouco nervosa e descontei a raiva em você – fala Anny.

Roberson abaixa os olhos para não encará-la ao responder:

— Você tem raiva de mim. Eu vi isso em seus olhos e não posso negar.

Anny fica contrariada, porque é o que ela sente naquele momento: tem raiva dele ou raiva por sentir desejo por ele.

— Anny, você está bem? – pergunta Roberson, segurando-lhe a mão.

Ao sentir aquele toque quente em contato com sua pele, ela o olha nos olhos e, reunindo todas as suas forças, responde:

— Sim, Roberson, estou bem.

— Suas mãos estão frias – assusta-se Roberson.

Olhando para as mãos deles, Anny fica sem jeito e puxa as suas rapidamente para não sentir aquele toque que a desperta para o desejo.

— Anny, você é tão linda! – fala Roberson, tocando seu rosto.

O olhar de Anny brilha de felicidade por ouvir essas palavras, mas, ao mesmo tempo, fica triste por pensar que ele só quer apenas uma aventura e nada mais. Quando ele toca seus lábios delicados, Anny se afasta e diz:

— Roberson, pode deixar seus empregados me ajudarem na fazenda. Obrigada! Agora tenho que avisar a minha mãe do favor que você nos fez.

— Não é preciso, Anny. Jonas já contou e, pelo jeito, ela ficou feliz por isso.

Anny fica surpresa por ouvi-lo dizer que sua mãe já sabia.

— Então ela já sabe? O Sr. Moraes está conversando com ela em casa? – pergunta, meio contrariada.

— Sim. E pelo jeito vamos almoçar aqui.

— Como assim? Não estou entendendo porque está dizendo isso – diz ela, olhando em direção à casa.

Então ela volta a olhar para ele, esperando uma resposta. Não sabia se ficava contente ou triste em saber que ele ficaria para almoçar com elas. Roberson olha bem nos olhos dela, estuda sua expressão e fica imaginando por que estaria tão tensa.

— Sua mãe nos convidou para o almoço e Jonas ofereceu-se para ajudá-la na cozinha. Ele é um bom cozinheiro – responde Roberson, com os olhos fixos nela.

— Sim – é o que Anny consegue responder, um pouco chocada pelo comentário.

— Pelo jeito não ficou feliz em saber que vamos almoçar com vocês. Sinto muito, Anny, se minha presença não a agrada. Se quiser, posso ir embora.

Anny fica quieta e pensativa por um instante. Não! É claro que quero. "Fico triste por saber que o que sinto por você não é correspondido. Ah, se você soubesse o que sua presença faz comigo não diria isso" pensa ela.

E, em voz alta, fala:

— Não, Roberson. Pode ficar para almoçar conosco. Fico feliz por isto. Além do mais quero saborear a comida do Sr. Moraes e ver se realmente é deliciosa como você diz – fala com toda a franqueza que foi capaz.

— Vamos indo? Podemos tomar um drinque antes do almoço, se você aceitar – comenta Roberson com um lindo sorriso, ao qual Anny retribui.

Ao entrarem na sala, Anny pede ao rapaz que se sente na poltrona e ela vai arrumar o uísque para os dois beberem antes do almoço. Enquanto tomam a bebida, conversam animados sobre a fazenda, os serviços que enfrentam elas sozinhas desde que o pai dela saiu de casa. Ela fala das dificuldades das duas e muitas outras coisas. Roberson a olha com admiração. Enquanto isso, Giovanna e Jonas terminam de preparar o almoço.

Depois de organizarem a mesa, Giovanna chama os dois para almoçarem:

— Anny e Roberson, vamos almoçar que já está pronto!

Todos estão à mesa, conversando animadamente e brincando. Anny dá uma trégua aos desentendimentos entre ela e Roberson os dois e aproveita a boa conversa.

III

A outra porta do prazer, porta a que se bate suavemente, seu convite é um prazer ferido a fogo e, com isso, muito mais prazer. Amor não é completo se não sabe coisas que só amor pode inventar.
(Carlos Drummond de Andrade)

Ao ficar sozinha com Anny, Giovanna comenta:

— Hoje à noite vou sair para jantar com Jonas, pois ele me convidou.

Anny fica surpresa, uma vez que não esperava ouvir essas palavras tão de repente.

— Como pode aceitar um convite assim? Pelo que sei, a senhora mal o conhece – diz a moça, com uma expressão de espanto.

— Anny, eu já o conhecia, mas não sabia seu sobrenome... É apenas um jantar –argumenta Giovanna. – E se fosse algo sério? Eu tenho o direito de recomeçar a minha vida – diz a mãe, com a voz cheia de ressentimento.

— A senhora me falou para não me apaixonar por Roberson e agora está querendo se envolver com o melhor amigo dele? - retruca Anny, saindo da sala sem esperar por uma resposta. Giovanna fica olhando a filha se retirar. Tem a resposta para Anny, mas já sabe a reação da filha e prefere ficar quieta.

Sempre que via Jonas na cidade, Giovanna olhava-o com interesse, mesmo de longe. Agora teria a oportunidade de sair com ele e, quem sabe, os dois chegassem a ter um relacionamento. "Uma hora Anny vai se casar e eu preciso seguir minha vida", pensa Giovanna.

Anny fica junto aos os empregados, trabalhando até o anoitecer, para não ver sua mãe sair com o Sr. Moraes. Meiá hora depois que sua mãe sai, ela vai tomar um banho e fazer algo para comer. Ao sair do banheiro, enxugando os cabelos molhados, ouve alguém bater na porta.

— Já vou atender! – grita, enquanto pega uma blusa para vestir. Na pressa, esquece de vestir o sutiã e a blusa, por sua vez, é transparente. Ela veste um *short* curto e vai até a porta com os cabelos desarrumados. Ao abrir a porta, depara-se com Roberson, que a olha com admiração de cima a baixo. Anny fica meio sem jeito ao lembrar que não colocara sutiã e sente seu rosto ficar quente e corado de vergonha.

— Boa noite, Anny! Posso entrar? – fala Roberson.

Anny, meio embaraçada, responde:

— Boa noite! Claro! Entre. Vou escovar meus cabelos e volto num instante.

— Fique à vontade! – diz Roberson olhando para ela, tentando disfarçar a vergonha ao vê-la daquele jeito.

Anny volta com os cabelos penteados, mais bonita ainda, e um lindo sorriso.

— Você fica muito linda quando sorri – comenta Roberson.

Ela retribui-lhe o sorriso.

— Você só está sendo cavalheiro, Roberson. Não precisa ser gentil comigo – responde Anny, divertindo-se com a situação dos dois ali, sozinhos, enquanto Giovanna e Jonas jantavam juntos, em algum restaurante da cidade.

Roberson olha sério para Anny e diz:

— Soube que não ficou muito contente por saber que Giovanna e Jonas jantariam juntos. Por que, Anny? Eles podem tentar ser felizes, assim como você e eu, ou qualquer outra pessoa.

Anny nada diz. Ela apenas fica calada, olhando para ele, como se tentasse adivinhar seus pensamentos. Roberson continua:

— Do jeito que seu pai as deixou para viver com outra mulher, sua mãe também tem direito de viver com outro homem. E quando você se casar, ela vai ficar sozinha. Pense nisso, Anny.

Anny fica com um pouco de raiva, porque ele estava se intrometendo onde não devia, e responde:

— Pode ter razão, Roberson. Mas será que Jonas está realmente interessado nela ou quer apenas brincar com os sentimentos da minha mãe?

Roberson a encara e diz:

— Não, ele jamais brincaria com os sentimentos de alguém. Garanto que ele não faria isso com sua mãe.

Anny fica séria e responde:

— E você está mais uma vez se metendo onde não devia.

Roberson a encara com um olhar sério e penetrante ao mesmo tempo, e diz:

— Está enganada dessa vez, Anny. Eu considero Jonas como meu pai e também não quero vê-lo magoado por uma mulher. Sei que sua mãe seria incapaz de fazê-lo sofrer.

Anny olha bem nos olhos dele e vê que está sendo sincero.

Anny vira-se e vai em direção à cozinha para pegar gelo para fazer um drinque para ele.

— Obrigado! - diz Roberson, com um sorriso simpático para Anny. Ela se senta de frente com ele na poltrona e fica a olhá-lo, então resolve dizer:

— Desculpa. Fui um pouco grosseira com você. Acho que tem razão. Minha mãe precisa ser feliz.

Roberson sorri com satisfação ao ouvir Anny dizer essas palavras e fica feliz por ela concordar com o relacionamento de sua mãe com Jonas.

Descontraída, ela convida:

— Se você ainda não jantou, tenho uma torta de maçã que podemos comer.

— Será um prazer lhe fazer companhia, Anny.

Anny coloca a torta de maçã em uma tigela de porcelana e Roberson a ajuda a organizar a mesa. Ela diz:

— Experimente a torta.

Ao terminarem, voltam para a sala, e parece que ambos estão dando uma chance para o início de uma amizade. Anny sempre foi sozinha, não faz questão de amizade, e é muito reservada.

— Anny, desculpe se fui um pouco duro com você – fala Roberson, encarando-a. Anny simplesmente sorri e diz:

— A exemplo da outra vez, a culpa foi de nós dois, e eu sei assumir a minha culpa também.

Fitando-a sério, o rapaz comenta:

— Então vamos esquecer tudo e colocar um ponto final nesse assunto. Que tal se falarmos de... nós?

Anny responde:

— Falar o quê sobre nós, Roberson?

Roberson levanta-se e senta-se perto de Anny. Pega suas mãos, que estavam sobre o colo. Anny sente um calafrio percorrer sua espinha ao sentir novamente o toque das mãos de Roberson e, num ímpeto, levanta-se da poltrona e se afasta dele. Não tem coragem de encará-lo, porque sente seu rosto corar. Roberson levanta-se e fala:

— Anny, não precisa ficar com medo. Eu não vou te fazer nada, a não ser que você queira. Caso contrário, jamais tocarei em você. Não me atreveria a tanto.

Anny fica parada, nervosa, sem saber o que dizer para aquele homem que lhe deixa perturbada apenas com sua presença.

— Roberson, vamos para fora? Estou com calor. Quero ficar um pouco ao ar livre.

— Claro, vamos – ele responde, dirigindo-se para a porta, que estava aberta.

Anny o segue até a varanda e fica ao seu lado, calada.

— A noite está linda. Olhe aquela estrela lá no céu, como brilha! Parece seus olhos quando brilham de felicidade – diz, apontando para uma estrela que brilhava intensamente, quase iluminando as demais.

— Agradeço pelo elogio – responde Anny, agitada com o calor que sente ao estar perto de Roberson. Para aumentar sua tortura, ele toca o braço de Anny, e ela logo sente um friozinho percorrer sua espinha.

— A noite está tão calma e fria...

Anny olha para ele. Roberson está sério, com o olhar perdido na escuridão. Ela diz:

— Está pensando nela?

Roberson ri, sem entender.

– Do que você está falando?

Anny diz, sem olhar para ele:

— Sua namorada!

Sorrindo, ele a encara e responde calmamente:

— Não, não estou pensando em ninguém. A menos que eu arrume uma namorada!

Anny fica feliz em ouvir isso. Disfarçando seu contentamento, comenta:

— Tomara que arrume logo.

Roberson toca-lhe nos ombros, sorri e pousa seus olhos nos seios da jovem. Então pega em seu queixo e levanta sua cabeça bem devagar, encarando-a.

31

Anny fecha os olhos e entreabre a boca, num convite irresistível. Roberson pousa os lábios sobre os dela, mas é um beijo quente, longo e delicado. Anny enlaça-o pelo pescoço, passando os dedos delicados no cabelo-castanho claro e macio de Roberson. Tentando se controlar, ele a enlaça pela cintura, trazendo-a para mais perto de seu corpo. Anny sente o bater descompassado do coração de Roberson e o calor de sua respiração.

Ele explora a boca de Anny que, por sua vez, deixa, sem se importar, o beijo prolongar-se. Roberson passa a mão por dentro da blusa dela e pega em um dos seus seios. Então desce a mão até o zíper do short, mas Anny o impede de abri-lo, pegando em sua mão. Anny afasta os lábios dos dele e tenta se distanciar, mas ele a segura pela cintura.

— Solte-me, por favor, Roberson! – pede Anny desesperada.

— Desculpe-me, Anny. Precipitei-me demais – fala Roberson, tentando se explicar, mas ainda sem soltá-la.

Anny olha nos olhos dele e diz:

— Isso não devia ter acontecido, Roberson.

Roberson a abraça e diz:

— Eu sinto muito. Prometo que não vai voltar a acontecer.

Anny suspira fundo, não queria se afastar daquele corpo sedutor. Ela o deseja, mas tem medo de se iludir com aquele homem que mal conhecia. E ele, será que só a deseja ou só quer brincar com seus sentimentos? Se tantas mulheres nunca lhe interessaram, por que ela lhe interessaria?

Anny tenta se afastar daquele corpo, daquele perfume que a atrai ainda mais para perto dele, a ponto de perder o controle de suas emoções:

— Solte-me, Roberson. Vá embora. Quero dormir. E, por favor, não volte a fazer isso novamente, pois não permitirei.

Tão mudado quanto ela, ele responde:

— Estou indo, Miss Gomes. Boa noite!

Ao sair, ele vira-se e diz:

— Foi com sua permissão que a beijei.

Roberson deixa Anny na varanda, parada, vendo-o ir em direção ao carro. Ele abre a porta, entra no carro e sai em alta velocidade, pegando a estrada principal, certamente indo para a cidade de Meldon Hall.

IV

Não se afobe, não
Que nada é pra já
O amor não tem pressa
Ele pode esperar em silêncio
Num fundo de armário
Na posta-restante
Milênios, milênios
No ar
(Chico Buarque)

Anny fica muito tempo rolando na cama sem conseguir dormir, mas adormece e nem vê sua mãe chegar.

Quando amanhece, Anny levanta, toma o café e sai. Chega no celeiro e os rapazes já estavam tirando leite.

— A moça acordou cedo hoje – diz um deles.

— E pelo visto vocês também madrugaram – responde Anny, sorrindo.

— A senhorita pode nos falar o que temos que fazer hoje – pede outro rapaz.

Anny fica feliz por serem muito gentis com ela. Na fazenda há muitos afazeres, mas agora ela tem vários ajudantes.

— Tudo bem. Depois que vocês tirarem o leite e colocarem as vacas para pastar, vamos todos tomar café, e depois dividirei as tarefas. E, por falar nisso, podem me chamar de Anny. E quanto a vocês, ainda não os conheço pelo nome.

Um dos rapazes responde:

— Eu me chamo Walter, esse é John e esse é Marchs.

Todos a cumprimentam com um sorriso. Retribuindo da mesma forma, ela continua:

— Bom, já que nos conhecemos, vou esperar os três para o café em minha casa.

John, com sua simplicidade, fala:

— Nunca fomos tão bem recebidos por uma patroa ou um patrão. Ficamos felizes por trabalhar aqui com você, Anny.

— Também fico feliz por trabalharem comigo, rapazes.

Então Anny se encaminha para casa e chega a tempo de ajudar sua mãe com o café da manhã. A moça inicia a conversa sobre o jantar:

— Como foi o jantar, mãe?

— Foi simplesmente maravilhoso, filha – responde Giovanna, com um largo sorriso. Anny sorri e diz:

— Bem, qualquer um nota seu olhar de felicidade.

Giovanna fica calada, apenas olhando a filha com ar de felicidade. Anny prossegue:

— Mãe, quero pedir desculpas pelas coisas que eu lhe disse ontem. A verdade é que desejo que a senhora seja muito feliz com o Sr. Morais ou outro homem, menos meu pai. Todos nós temos o direito de sermos felizes e a senhora tem o seu momento. Não sou eu quem vai lhe impedir.

Giovanna fica tão comovida com as palavras da filha que a abraça bem forte, pois fica muito feliz por ela aceitar o seu relacionamento com Jonas. Ela gostava dele já fazia um tempo, mas tinha medo da reação da filha. Contudo Anny não é mais uma criança e teria que aceitar mais cedo ou mais tarde.

A mesa para o café está pronta com pão, manteiga, torta, bolo, café, chá, frutas e ovos mexidos. John, Marchs e Walther chegam para o café trazendo o leite, que entregam a Anny. Ela coloca um pouco para ferver e guarda o resto no congelador.

Anny faz uma lista de compras para mandar John até a cidade. Estava tudo pronto, e quando John e Walther estavam de saída, Anny grita:

— Walther! Por favor, leve esta lista com você e faça as compras para mim, pois não posso ir hoje à cidade.

Ele responde:

— Claro, a gente faz as compras para você, Anny.

O rapaz pega a lista, coloca no bolso e sai com os colegas.

Uma hora depois eles estão de volta com as compras que Anny havia pedido. A jovem sai com eles, passa as orientações para os afazeres do dia e os convida para o almoço, o que logo é aceito.

Enquanto isso, Anny ajuda sua mãe na cozinha, já que agora ela não precisa ir ao campo.

E assim se passa uma semana, com Anny ajudando sua mãe em casa enquanto os rapazes fazem o serviço da fazenda. Giovanna continua saindo com Jonas. Na maioria das vezes Anny fica sozinha, na esperança de ver Roberson e que ele fosse visitá-la, pois devia saber que ela está sozinha. Infelizmente, ele não aparece como costumava acontecer. Depois do beijo, o jovem não vai mais a sua casa. Anny fica muito triste com isso, mas pensa que talvez seja melhor assim.

Em uma manhã um pouco fria, Anny manda selar seu cavalo preferido para dar uma volta pelo campo sozinha. Veste um jeans velho, mas confortável, uma blusa amarela um pouco justa, deixa os cabelos soltos, e sai. Na metade do caminho para e faz um pedido para os rapazes. Nisso, ouve uma voz muito familiar atrás de si.

— Bom dia!

Ela olha para trás com um gracioso sorriso no rosto e responde:

— Bom dia!

Dirigindo-se aos rapazes, fala:

— Bom, rapazes, era só isso.

Assim que todos saem, Roberson comenta:

— Parece que vai passear a cavalo.

Anny respondeu:

— Vou aproveitar a manhã, que está linda para um passeio, com o Trovão.

— Belo cavalo!

Nisso John passa perto deles e Roberson pede:

— John, sele um cavalo para mim, por favor. Também vou passear. Anny fica inquieta.

John sela o cavalo e o leva para Roberson. Anny monta em seu cavalo e Roberson faz a mesma coisa, e ambos saem galopando. Depois de algumas horas, ela decide parar perto do rio, coloca o animal para beber água e solta-o para deixá-lo bem à vontade. Roberson faz a mesma coisa que Anny.

— Anny, os cavalos não vão embora deixando-os soltos?

— Não – respondeu Anny, sentando-se na grama perto do rio, admirando a paisagem.

Ele comenta com a jovem:

— É bonito este lugar.

— É. Sempre que posso venho aqui – responde Anny.

Eles ficam em silêncio por uns minutos e, dessa vez, é Anny quem fala:

— Por que não veio mais nos visitar?

Sem olhá-la, ele responde:

— Não quero incomodar tanto. Por quê? Sentiu saudades de mim?

Anny mente:

— É claro que não! Só não quero que fique com raiva de mim por ter sido estúpida com você.

Roberson ri e diz:

— Não se preocupe, não consigo ficar com raiva de você.

Logo em seguida, ele pensa: "Ao contrário, sinto sua falta". Anny sorri e pergunta novamente:

— Por que não veio nos visitar mais?

Roberson olha para ela e responde:

— Tive uns negócios para resolver nos últimos dias.

Anny fala:

— Vou fingir que não ouvi.

Roberson ri e diz:

— Vim convidar você para ir em uma festa em minha casa. É a minha convidada de honra. Você vai?

. Anny responde:

— Não sei...

— Pedirei que venham buscar você e sua mãe. Por favor, vá a festa...

Anny responde:

— Pode ser que eu vá. Acontece que não tenho roupa adequada para ir, porque uso mais jeans e camiseta, e não tenho vestidos chiques para festas. A menos que vá às compras...

Roberson diz:

— Não me importo como você vai a festa. Pode ir até de jeans e camiseta, mas quero que você vá. Sua presença é o que realmente importa, Anny.

Ela pensa um pouco e apenas sussurra:

— Vou pensar.

— Tem o dia inteiro para pensar. Se não se decidir até começar a festa, venho te buscar – fala Roberson.

Anny fica irritada pelo fato de Roberson não lhe deixar tomar suas próprias decisões e diz:

— Você não vai deixar os convidados sozinhos apenas para vir me buscar. Não pode me obrigar a ir.

Roberson fica impaciente com a atitude de Anny e rapidamente levanta-se, pega-a pelos ombros e a força a olhar em seus olhos.

— Anny, não seja criança.

Ele estava realmente nervoso. E ela também, principalmente pelo fato de tê-la chamado de criança, e responde no mesmo tom:

— Só espero que o senhor não queira me dar ordens como se fosse meu patrão... Ou pior, meu pai!

No auge de seu limite, Roberson pega Anny e, sem que ela esperasse, beija-a. Totalmente surpresa, Anny debate-se, com os punhos cerrados batendo em seu peito. De repente, ele separa os lábios dos delas e diz:

— Isso é para você aprender que eu não quero ser seu pai nem o seu patrão. Para de ser rebelde, Anny.

Ainda assim, ela retruca:

— Pare de me ver como criança.

Roberson à solta e lhe dá as costas. Ela fica calada, sem saber o que dizer para aquele homem. Roberson quebra o silêncio. Virando-se para ela, diz:

— Tudo bem. Se quiser ir à festa, vá, ou fique em casa sozinha enquanto sua mãe se diverte com Jonas, pois eles vão.

Essa foi a gota d'água para Anny. Seguindo seus impulsos, ela corre, pega o cavalo, monta-o e sai galopando, sem esperar por ele. No celeiro, entrega Trovão para Walther, para soltá-lo junto aos demais cavalos no pasto.

Anny entra em casa gritando pela mãe:

— Mãe, onde você está?

Mas não ouve a voz de sua mãe em nenhum cômodo da casa. Porém ouve a voz de Roberson bem logo atrás de si, dizendo:

— Sua mãe não está. Deve ter ido fazer compras.

— Então ela já sabe sobre a festa? – pergunta Anny, meio chocada pelo fato de sua mãe saber da festa e não ter comentado com ela.

— Já. E você, vai ou não? – pergunta Roberson, dessa vez olhando-a intensamente nos olhos.

— Muito bem, Sr. Roberson, eu irei. Feliz por conseguir mais uma vez?

Com uma calma repentina, Roberson pousa suas mãos nos ombros de Anny e responde:

— Não. Eu fico feliz por ter decidido ir por vontade sua. E mais ainda por você ter a oportunidade de conhecer minha casa. Sinceramente, depois de hoje espero que volte a me visitar.

Com um sorriso irônico Anny fala:

— Não vai me dizer, Sr. Roberson, que já se cansou de ser o homem solitário? Pelo que sei, não tem muitos convidados.

Subitamente sério, ele responde no mesmo tom:

— Não me cansei ainda de ser o homem solitário, pois tenho os meus motivos.

Anny ainda tenta deixá-lo com raiva:

— Vou te avisar uma coisa: não sou uma companhia agradável para ninguém, e muito menos para o senhor que, certamente, deve estar acostumado a conviver com muitas mulheres finas e bonitas. Lamento informar que não sou esse tipo de mulher...

Continuando a conversa, Roberson ri e responde:

— Eu sei, por isso que gosto de sua companhia, que é extremamente agradável.

Anny lhe sorri e vê em seu olhar uma expressão de satisfação.

— Obrigada por falar o que pensa a meu respeito.

Roberson a olha intensamente nos olhos e fala:

— Faz tempo que moro sozinho. Ajudo quem precisa no povoado e os criados cuidam da mansão. Anny, muitas mulheres me visitaram, mas apenas por interesse e não por gostarem de mim.

Anny pergunta:

— Então por que ainda não se casou?

Roberson fica quieto por uns instantes e depois responde:

— Porque, entre elas, não me apaixonei por nenhuma. Você nunca se apaixonou, pois, pelo jeito, fui o primeiro homem que a abraçou e a beijou. Estou mentindo, Anny?

Anny fica meio confusa, pensando onde ele quer chegar com essa conversa, e se afasta das mãos dele. Caminha até a cozinha, coloca água no copo e toma. Quando volta para a sala, Roberson já havia saído.

V

Tens razão! — Valsa, donzela,
A mocidade é tão bela,
E a vida dura tão pouco!
No burburinho das salas,
Cercada de amor e galas,
Sê tu feliz— eu sou louco!
(Casimiro de Abreu)

Anny deixa-se cair na poltrona ao notar que já são 10h e sua mãe ainda não havia voltado. Resolve fazer o almoço e, ao terminar de cozinhar, sua mãe chega com várias sacolas na mão. Marchs a ajuda com as compras até a sala e depois se retira.

— Mãe, para que tantas compras? – pergunta Anny, olhando para as várias sacolas em cima da poltrona.

— Querida, só acho que precisávamos fazer compras. Aliás, temos uma festa para irmos – respondeu sua mãe.

— Tudo bem, mãe. Se a senhora acha que é melhor assim...

Anny olhou-a com carinho pela mãe não ter esquecido de comprar roupas para ela. A jovem leva algumas sacolas para o quarto e vai organizar as roupas. Elas almoçam e, depois, Anny vai dar algumas orientações para os funcionários, dispensando-os antes do horário para que todos possam ir à festa.

A festa começa às 20h e às 19h30 Anny vai tomar banho. Giovanna veste um lindo vestido vermelho-claro, longo e decotado na frente, que lhe cai muito bem, calça um sapato preto de salto alto e um lindo colar de brilhantes combinando com os brincos. Para completar, coloca o anel de noivado que Jonas havia lhe dado, mas ninguém sabia ainda, nem Anny. Ela ficaria sabendo na festa, pois o noivado dos dois seria anunciado. Esse era o motivo da grande festa daquela noite e, sem dúvida, uma grande surpresa para Anny.

Anny já está pronta, vestida com um vestido de veludo preto, justo, um pouco decotado nas costas, mas com um decote audacioso na frente que deixava à mostra um pouco dos seios. Nos pés, um sapato preto de salto alto que sua mãe havia comprado. Ela está com o cabelo solto, uma maquiagem leve e um lindo batom vermelho.

Linda, nem parecia com a Anny que trabalha na fazenda, pois estava bem atraente. Sua mãe, ao vê-la, admira-a, dizendo que está belíssima.

Anny também elogia a mãe, vestida como uma verdadeira dama; qualquer mulher a invejaria ao vê-la tão bonita.

Elas chegam às 20h em ponto.

— Hum, estão lindas e foram pontuais – diz Jonas, aproximando-se das duas.

Ele beija Giovanna no rosto.

— Querida, você se importa se eu for apresentar sua mãe a alguns convidados? – pergunta Jonas, olhando para Anny.

— Oh, não, pode ir. Não se incomode comigo – respondeu Anny com um lindo sorriso.

— Não se incomoda mesmo de ficar sozinha? – questionou Jonas, ainda com receio de Anny ficar chateada.

Anny olha para ele sorrindo e transparecendo no sorriso toda a sinceridade de que foi capaz, responde:

— Fiquem à vontade!

Eles se afastam dela e vão em direção a alguns convidados, deixando-a sozinha.

Anny está um pouco deslocada. Ela olha para todos os lados para ver se vê Roberson, mas fica triste por não vê-lo.

Em seguida, um jovem sorridente se aproxima dela e diz:

— Aceita me dar a honra dessa dança, Miss Gomes?

Anny ia responder quando Roberson surge do nada, e ele responde por ela:

— Só se for a próxima dança, cavalheiro, uma vez que já tinha convidado a moça para dançar comigo.

O rapaz olha para Anny, e como ela nada responde, olha para Roberson e fala:

— Tudo bem, Mister Samper...

E retira-se em busca de outra jovem que estivesse sozinha.

— Você está linda, comenta Roberson, pegando Anny pelo braço e dirigindo-a para o meio do salão. Começam a dançar. Anny sente um forte frio no estômago e o coração descompassado quando as mãos dele envolvem a sua cintura. Ela coloca o rosto em seu ombro e dança conforme a música e os passos dele. Ao terminar a música, inicia-se outra romântica.

"Meu Deus! Acho que estou apaixonado por este homem. Não, não pode ser... É impossível! É um amor sem esperança e eu sei que vou me magoar" – Anny tenta afastar seus pensamentos.

A música para de tocar. Eles andam entre os convidados e vão para o jardim. Ao chegarem lá, Anny se sente aliviada por estar respirando o ar livre e também por estar longe dos braços de Roberson porque, para ela, é uma tortura.

O jardim é lindo e o ar era suave, com um leve aroma de flores. Roberson quebra o silêncio.

— A noite está linda! Você está maravilhosa nesse vestido.

— Obrigada! Você também está ótimo nesse terno cinza.

— Fico comovido pelo elogio ter vindo de você!

Olhando-a nos olhos, pega uma rosa e a coloca no cabelo louro de Anny. Lentamente, beija-a nos lábios.

Anny não faz nada, fica quieta, apenas entreabre os lábios para receber outro beijo, mais intenso. Tão perdida que está nessa emoção que não percebe a chegada de alguém. Ouve uma voz atrás de si.

— Sabia que iria te encontrar aqui, querido!

Rapidamente, Anny se afasta de Roberson. Ele olha para a figura recém-chegada e logo a reconhece. Era a senhorita Schmith. Molly Smith.

— Fico feliz em vê-la, Miss Schmith. Quero lhe apresentar a Miss Gomes –responde Roberson, olhando para as duas com um pequeno sorriso nos lábios.

45

— É um prazer conhecê-la, senhorita Gomes – diz a jovem, olhando para Anny com certa arrogância e um pouco de ironia ao pronunciar seu nome.

— O prazer é todo meu, senhorita Schmith – responde Anny com um simples sorriso.

— Bom, já que fizemos as apresentações formais, que tal um drinque para os três? — fala Roberson, querendo ser simpático, mas ao mesmo tempo irritado por ter sido interrompido enquanto beijava Anny.

Molly sentiu que chegara em um momento inadequado e que não lhe agradou, e trata logo falar algo:

— Não, obrigada! Eu só vim chamá-lo para dançarmos. Você prometeu dançar comigo, lembra-se, querido? Só espero que não falte com a palavra.

Ela olha para Anny com uma pontinha de ciúme brilhando em seus olhos. Molly é uma mulher que não aceita não como resposta, principalmente do homem pelo qual se interessava, e sempre conseguia levá-los à loucura, mas Roberson ela nunca havia conseguido conquistar. Porém não admitia ser passada para trás e não permitiria que Anny fizesse isso.

Querendo ser gentil com a dama, Roberson responde:

— Claro, vamos dançar!

— Então vamos, querido! – diz Molly, pegando-o pelo braço.

Quando passa por Anny, faz questão de comentar sarcasticamente:

— Dê-nos licença, Anny!

Uma angústia toma conta do coração de Anny, que pensa que, pela forma como eles se olham, parece existir algo entre os dois. "Sou uma boba pensando que ele pode se interessar por mim. É difícil conquistá-lo. Meu Deus, acho que estou começando a gostar desse homem... Estou me apaixonando por ele e isso é uma loucura, pois não tenho a mínima chance de ser correspondida, isso não passa uma de ilusão" – os pensamentos de Anny não param de passar por sua mente enquanto está sozinha no jardim.

Mas Anny está enganada, ela já havia conquistado o coração de Roberson. Ela o conquistara com seu doce sorriso, com seu jeito encantador, com aquele ar de inocente, delicada, frágil e, ao mesmo tempo, determinada e de personalidade forte. Mesmo sem experiência de vida, ela não deixa de ser uma bela mulher. Roberson não sabe que ela estava apaixonada por ele, embora fosse o que desejava.

Anny entra no salão e tenta avistar sua mãe e Jonas. Nesse instante, o jovem que a tinha convidado para dançar antes que Roberson aparecesse aproxima-se de Anny e, novamente, convida-a para dançar:

— Aceita dançar comigo, Miss Gomes?

Anny sorriu e responde:

— Claro. Não encontrei minha mãe e estou sozinha. Então aceito dançar com você.

O rapaz ri, pega-a pela mão e dirige-se para o centro do salão, onde Roberson dançava bem colado com Molly. Eles começam a dançar entre os outros casais e Molly, quando vê que Roberson e Anny olham um para o outro, começa a beijá-lo no rosto, dizendo-lhe palavras de amor, enquanto acaricia seu pescoço.

Anny, quando vê, fica com raiva. O rapaz, cujo nome é Jim e é primo de Molly, puxa Anny mais perto de si já que a música era romântica. Anny deixa se envolver nos braços dele, pousa a cabeça em seu ombro e a mão perto do pescoço. Roberson, ao olhar essa cena, deixa Molly sozinha no salão e parte em direção a Anny, que só sente uma mão firme em seu braço puxando-a.

— Espere aí! – fala Anny, irritada com o comportamento grosseiro de Roberson, com o qual é tratada na frente de todos os convidados no salão de dança.

— Desculpe-me, senhor Samper. Não sabia que era sua namorada – diz Jim para ele.

— Quem falou... – Anny começa a dizer, mas é interrompida por Roberson:

— Desculpe-me, moço, mas não suporto vê-la nos braços de outro homem.

— Eu entendo – responde Jim, rindo, pela situação embaraçosa em que se vê envolvido em público, afastando-se em direção a Molly.

Anny vira-se com tanta raiva que seu rosto está corado. Ela olha Roberson nos olhos, e quando vai dizer alguma coisa, é interrompida por Molly.

evilin cristini

VI

O amor é paciente, é benigno; o amor não arde em ciúmes, não se orgulha, não se ensoberbece. Não se conduz inconvenientemente, não procura os seus interesses, não se exaspera, não se ressente do mal.
(1 Coríntios 13)

— Quem você pensa que é para fazer esse escândalo em público? E tem mais, queridinha, fique longe do meu Roberson. Trate de arrumar outro para você.

Roberson fuzila Molly com o olhar e diz:

— Pare com essas conversas absurdas, Molly. Você sabe que não quero compromisso, mas não aceita.

Molly olha para ele e depois para Anny e diz:

— Tem razão, Sr. Roberson. Em compensação, jamais vai se interessar por você. Nunca gostou de outra mulher, ou melhor, nunca se interessou por nenhuma, e não vai ser por você.

Roberson ia dizer algo para Anny, mas ela o impede e diz calmamente para Molly:

— Não se preocupe comigo porque não estou interessada nele. E mesmo que estivesse, jamais irei me oferecer para ele ou para qualquer outro homem como você fez.

Molly se vai, mas continua falando:

— Você sabe porque o chamam de "solitário da mansão"? Porque é incapaz de amar uma mulher.

Mulher arrogante! Ultrapassou os limites para Anny, que responde a Molly antes que ela vá embora:

— É simples, minha cara, porque ele nunca encontrou a mulher por quem pudesse se apaixonar. E, pelo visto, essa mulher não é você.

Molly fica com raiva e levanta a mão para esbofetear o rosto de Anny. Só que esta foi mais rápida e pega seu braço antes que ele chegue em seu rosto:

— Nunca mais levante sua mão para me esbofetear. Na próxima vez não vou deixar passar. Com licença! – Anny fala, soltando o braço de Molly, e sai.

Ela se retira do local o mais rápido possível. Roberson apenas acompanha seus passos. Nesse momento, eles ouvem a voz de Jonas no microfone:

— Desculpem-me pelo ocorrido, senhoras e senhores, mas a festa continua, pois o motivo deste evento é para anunciar a todos o meu noivado com a Sra. Gomes.

Anny fica parada, olhando para sua mãe recebendo os parabéns de todos os convidados. Surpresa com a novidade, não percebe a voz atrás de si.

— Não vai dar os parabéns para sua mãe? – pergunta Roberson, olhando para ela fixamente.

Como num passe de mágica, Anny compreende tudo e, magoada, responde:

— Então esse foi o motivo que o levou a fazer esta festa?

Anny está totalmente desorientada e olha para Roberson como se tivesse sido enganada.

Roberson responde:

— Foi, Anny. Eu quis dar esta festa para anunciar o noivado dos dois. Sei que foi uma surpresa para você, pois pedi para sua mãe que não lhe dissesse nada antes da festa. Vamos dar os parabéns para ela? – ele diz, estendendo o braço em sua direção.

Anny aceita, passando seu braço em volta do dele para ir em direção ao casal e desejar-lhes felicidade.

Ao terminar a festa, mãe e filha voltam para a casa. Jonas se oferece para levá-las de volta e elas aceitam.

Indo para a fazenda, Anny se perde em seus pensamentos, enquanto Jonas e Giovanna conversam sobre a festa e sobre os planos após o casamento. Para isso acontecer, ela precisa procurar o Sr. Gomes em Londres para assinar o divórcio.

Às vezes, ela comenta alguma coisa com Anny, que, perdida em seus pensamentos, mal entende o que sua mãe lhe diz e apenas concorda, balançando a cabeça.

Anny deixa seu corpo relaxar, pois estava cansada e perturbada. "Quem aquela mulherzinha pensa que é para chegar àquele ponto? Pensa que pode mandar nele, na vida dele... Mas será que manda? Não, isso jamais poderia acontecer. Será que ele gosta dela e simplesmente fingiu porque estava na minha presença? Ah, Roberson, meu amor, será que você a ama? Por que sinto raiva? Por quê?", pensa Anny, deixando uma lágrima teimosa escorrer. "Não posso chorar por ele. Ele não merece uma lágrima que cai em meu rosto".

Ao chegarem à fazenda, Anny sai do carro.

— Boa noite! - ela diz para Jonas sem olhar para ele, para que ele não percebesse a tristeza e a dor que transpareciam em seu rosto.

— Anny, você está tão pálida! Querida, o que aconteceu? - pergunta sua mãe, pegando em seu braço.

— Não aconteceu nada. Só estou cansada - responde Anny, beijando o rosto de sua mãe.

— Querida, quero te dizer uma coisa... - Mas Anny a interrompe:

— Mãe, vou dormir. Amanhã a senhora me diz.

E Anny encaminha-se para casa.

— O que será que aconteceu com ela, Giovanna? - indaga Jonas, tão desorientado quanto ela.

— Não sei, Jonas. Só sei que ela era feliz, uma garota corajosa, mas ultimamente tem se mostrado um pouco triste - responde Giovanna pensativa.

Jonas insiste:

— Desculpe-me por perguntar, mas pelo jeito vocês duas não têm conversado muito. Parece que estão distantes. Não estão sendo mais tão amigas?

Giovanna responde com toda sinceridade:

— Não, querido… Desde que te conheci afastei-me muito de Anny.

— Então querida, preste mais atenção nela. Deixe-a participar mais das nossas vidas – diz ele, olhando-a nos olhos.

— Claro, Jonas.

— Deixe para contar a ela sobre a viagem a Londres amanhã, antes de viajarmos – Jonas fala, beijando-a nos lábios.

— Sim – responde Giovanna, correspondendo aos beijos com amor.

Eles se abraçam, beijam-se por uns instantes e depois se despedem. Giovanna fica parada, observando-o ir embora, e entra em sua casa.

Ela vai para o quarto de Anny e vê que ela nem havia trocado de roupa para dormir. Giovanna olha para ela, que já estava dormindo, sai do quarto e fecha a porta.

Ao perceber que sua mãe sai, Anny abre os olhos. Ela apenas fingiu estar dormindo.

— Desculpe-me, mãe, mas não estou a fim de conversar. Só quero ficar sozinha – Anny sussurra baixinho para si mesmo. E ela se mexe na cama, sem conseguir dormir.

"Roberson, sinto que amo você. Se soubesse o quanto sofro por sentir esse amor. Isso é perturbador, porque neste momento queria estar em seus braços te amando. Queria sentir seu amor. Sei que é impossível existir sentimento entre nós, mas é como se nós tivéssemos nascidos um para o outro e, ao mesmo tempo, somos tão distantes. Fico desesperada só de pensar que posso perdê-lo", pensa Anny, que, a muito custo, adormece.

Ela acorda tarde, às 9h30. Vai para o banheiro, toma um longo banho, veste jeans e uma camiseta, prende os cabelos acima da nuca e vai para a cozinha para tomar café com umas torradas. Ela sai para o campo e ouve a voz da sua mãe:

— Anny, espere um pouco. Quero te dizer uma coisa.

Anny vira-se e diz:

— Tudo bem, mãe, pode falar. Ainda tenho umas horas antes de ir trabalhar.

— Obrigada, filha. Eu vou viajar para Londres com Jonas – diz Giovanna, e espera para ver a reação da filha.

Anny ri e responde:

— Tudo bem, mãe, já esperava por isso.

Giovanna continua:

— Vou conversar com seu pai e pedir para nós encaminharmos o divórcio para eu poder me casar com Jonas.

Anny responde:

— É preciso. Aliás, já devia ter feito isso.

Giovanna continua:

— Dependendo do que ocorrer, só venho amanhã à tarde ou depois de amanhã. Ligo para você ao chegar.

Anny fica olhando para sua mãe com um sorriso ao vê-la feliz e entusiasmada com o casamento. Ela estava há tanto tempo sozinha e merecia ser feliz. E o senhor Jonas era um bom pretendente para ela.

Giovanna complementa:

— Vou aproveitar e fazer compras com o Jonas. Conversarei sobre o divórcio com seu pai e espero que concorde.

Anny comenta:

— Ele vai ter que aceitar, pois nos deixou para ficar com outra mulher. A senhora tem o mesmo direito: de ser feliz.

A mãe sorri e diz:

— Vai ser bom ficar uns dias em Londres. Conhecerei melhor o Jonas.

Então Giovanna abraça a filha. Jonas chega logo em seguida. Ele coloca as malas dela no carro e eles se despedem de Anny, indo para o aeroporto.

Anny fica sozinha em casa. Ela ajuda os empregados e logo após volta para casa, come um sanduíche e vai dormir. Estava cansada, uma vez que não dormira bem na noite anterior.

VII

"A vida é a arte do encontro, embora haja tanto desencontro pela vida".
(Vinicius de Moraes)

Anny acorda por volta das 18h e vai tomar banho pensando o que vai fazer para jantar. Não conseguiu almoçar, pois não se sentia bem devido à noite anterior.

Ao tomar o banho, veste um short curto branco, com uma blusa justa preta e o cabelo fica sem pentear. Ao chegar à cozinha, coloca uma pizza no micro-ondas, que em alguns minutos estava pronta. Abre a geladeira e vê que tem um bolo recheado, mas se sente desanimada sozinha.

Retira a pizza do forno, leva para a mesa e pega uma garrafa de vinho tinto suave para acompanhar o jantar.

Anny fica pensativa e triste ao lembrar da festa: "Não quero voltar a vê-lo. Preciso esquecê-lo, tirá-lo definitivamente da minha vida". Ela fica confusa e fecha os olhos, tentando não pensar nele, mas de repente ouve uma voz grossa atrás de si, que logo reconhece:

— Anny, quer companhia para o jantar?

Anny vira-se com rapidez e responde:

— Pelo menos podia ter batido na porta antes de entrar em minha casa. Então ela olha para ele e pensa: "Desse jeito é difícil esquecer esse homem". Mas ela não estava a fim de discutir e não fala mais nada.

Roberson, sorrindo, diz:

— Você sabe ser meiga e cruel ao mesmo tempo comigo.

Anny gosta da parte de meiga, mas cruel ela não gosta e retruca:

— Se sou cruel com você é porque vem aqui, entra sem permissão, e ainda pede para me fazer companhia.

Roberson diz, encarando-a:

— Porque gosto de sua companhia.

Anny ri e, com ironia na voz, diz:

— Vai fazer companhia para a Molly, porque garanto que ela sente sua falta, Sr. Samper.

Roberson abaixa a cabeça e fala:

— Por que faz isso comigo, Anny? Você não sabe o quanto me fere com suas palavras.

Anny fica quieta, não responde.

Roberson continua:

— Se quisesse fazer companhia para Molly você não precisaria me mandar, provavelmente já estaria nos braços dela ou de qualquer outra mulher. - Ele fez uma pausa. - Porém, ao contrário disso, estou aqui, querendo que você aceite minha companhia. Mas já que não precisa, vou embora.

Indo em direção a porta, ele para e diz:

— Não se preocupe, Anny. Da próxima vez vou bater na porta antes de entrar. Se houver uma próxima vez.

Ao chegar à varanda, Roberson fica parado perto dos degraus, olhando para o céu. O tempo estava se formando para chuva. Quando começa a andar, sente a mão macia de Anny. Ele para, volta-se para ela e a encara nos olhos.

Anny diz:

— Desculpe-me, Roberson. Eu aceito sua companhia para o jantar. Assim não fico sozinha. Se você não se importar de comer pizza.

Roberson olha para a mão que pousava em seu braço e Anny, quando vê o olhar dele em direção à sua mão, retira-a do braço dele rapidamente.

—'Não precisa pedir desculpas. Sei que agi de modo errado. Você apenas se defendeu. Sou eu quem lhe deve desculpas. Aceito jantar com você, mesmo que seja para comer pizza – responde sorrindo.

Finalmente, uma trégua entre nós dois.

Comovida, Anny abaixa a cabeça e diz:

— Então deixe tudo como está. Você é meu convidado. Como se estivéssemos começando tudo de novo. Por favor, pode entrar.

— Se você deseja assim.

Eles entram e vão para a sala de jantar. Anny fica calada, enquanto Roberson diz muitas coisas, às vezes engraçadas, e Anny deixa escapar seu belo sorriso. É o que Roberson mais gosta de ver. Aquele sorriso encantador é o que mais o cativa, conquistando-o desde o primeiro momento. Só que Anny pensa que ele sente por ela apenas o desejo de um homem por uma mulher.

Ela quer estar perto dele, abraçá-lo, beijá-lo, estar nos braços dele. Anny nunca havia se apaixonado por ninguém. Roberson é o único homem que conquistou seu coração e acaba despertando seus desejos mais íntimos.

Anny fica louca ao sentir os lábios dele nos seus, os toques da mão dele. Suspira só de imaginar o quanto o deseja: "É possível amar um homem e ao mesmo tempo sentir raiva? Meu Deus, que loucura!", pensa a jovem.

— O jantar estava muito bom – disse Roberson sentado ao seu lado. Em seguida, ele pensa, olhando para ela com um olhar triste: "Foi a melhor coisa que me aconteceu, embora seja difícil nós dois entendermos. Espero que possamos nos aproximar ainda mais". Anny responde:

— Obrigada por dizer isso. Vou preparar um drinque. Você aceita? – diz ela, levantando-se do sofá.

Anny dá graças a Deus por sair de perto dele. O calor do corpo dele deixa-a sufocada. Ela serve o drinque a ele e se senta na poltrona em frente a ele. Roberson a olha com muita admiração. Ao perceber que ele percorria seu corpo com o olhar cheio de promessa, Anny fica corada, sentindo-se nua diante daquele olhar ligeiramente provocante.

Tentando manter uma conversa civilizada entre eles, ela pergunta.

— Você está feliz por Jonas se casar com minha mãe?

Roberson dá um sorriso generoso e responde:

— Claro que estou feliz. E você, não pensa em se casar?

Anny fica meio sem jeito, mas é firme em sua resposta.

— Se deseja saber, por enquanto não.

Roberson estuda bem seu lindo rosto, nota uma súbita frieza em seu olhar e fica decepcionado por ver que ela foi sincera em sua resposta. Mesmo assim, ele continua com a conversa:

— Por acaso tem algum pretendente?

— Não, não tenho nenhum pretendente. E por hora não estou a fim de arrumar um – ela fala, mentindo para ele e para si mesma.

"É claro que você tem um pretendente, e ele está diante de você", ela pensa, magoada consigo mesma e mentindo para ele e para si mesma.

— Eu sei disso – ele responde mais para si próprio do que para Anny.

— E você? – pergunta Anny, curiosa.

— Sim, tenho uma pretendente. E para minha sorte, ela não pensa em ter compromisso com ninguém – ele responde sério, olhando fixamente nos olhos de Anny. Ela percebe seu desconsolo e diz:

— Eu sinto muito. Por acaso ela sabe que você a ama?

Roberson continua olhando para ela e responde:

— Não, não sabe.

— Então pode ser que ela também o ame.

Ao dizer isso, Anny desvia o olhar para o copo que tem nas mãos e fica triste por não ser essa mulher que ele diz amar: "Será que é Molly?", pensa a filha de Giovanna. "Não, é claro que não é, senão estariam juntos. Isso é o que ela mais deseja", reflete Anny com o coração apertado.

Sua vontade é correr para o quarto, ficar sozinha e chorar todas as lágrimas que teimam em cair em suas faces; ou se jogar nos braços dele, beijá-lo abraçá-lo, acariciá-lo e dizer que o amava e que estava disposta a se entregar totalmente a ele.

De repente surge um desespero em Anny. Diante dele, fica pensando quem é a mulher que ele gosta: "Roberson, meu coração está em pedaços de tanto que sofre por esse amor. Fico triste ao imaginar você com outra mulher, pensa angustiada". Ela quer sair de perto dele, mas não consegue, fica paralisada.

Roberson também está pensativo, notando que ela está um pouco nervosa: "Você é a mulher que amo. Será que não percebe meu tormento, meu sofrimento, o quanto tento sufocar esse amor?".

— Anny, você está se sentindo bem? – pergunta o milionário, indo ao lado dela.

Ele segura seu braço, fazendo encará-la nos olhos. Anny percebe o quanto ele está preocupado e dá um sorrisinho querendo mostrar que está tudo bem.

— Estou bem, só estou pensativa – ela responde nervosa por sentir aquela mão firme em seu braço. Mesmo estando de terno, dá para notar que ele tem um corpo forte, musculoso, ombros largos: é um homem bastante atraente e, perto dele, percebe sua respiração um pouco ofegante.

"Gostaria de tocar em seu corpo", pensa Anny.

Ao notar que ele ainda a olha, ela tenta se recompor.

— Anny, entregue-me seu copo. Você está pálida – ele diz, pegando o copo de suas mãos.

— Estou bem. Não se preocupe comigo. É apenas um mal-estar, mas logo passa – responde a jovem com seriedade.

— Anny, está acontecendo alguma coisa? Pode me contar. Algum dos empregados te disse algo que a aborreceu, que não a agradou? Alguém a maltrata? Se fizerem isso, prometo que vou conversar com eles.

Antes de terminar a frase, Anny o interrompe, levantando-se da poltrona:

— Não, ninguém me fez nada. Não seja bobo. Sou uma mulher madura o suficiente para tomar conta de mim. Não sou criança e não preciso de guarda-costas. Agora, se me der licença, preciso ir dormir, pois tenho muito que fazer amanhã.

VIII

Aqui... além... mais longe, em toda a parte,
Meu pensamento segue o passo teu.
Tu és a minha luz, – sou tua sombra,
Eu sou teu lago, – se tu és meu céu.
(Castro Alves)

Anny abre a porta que vai para varanda, esperando-o se levantar da poltrona para ir embora. Ele se encaminha até a porta aberta, mas antes de passar, ele diz:

— Boa noite. Obrigado pelo jantar.

— Boa noite – responde Anny sem fitá-lo, porque não tem coragem de olhar pra ele.

"Ah! Roberson, você quem me faz mal, fazendo meu coração se apaixonar por você. Desculpe-me pela grosseria, mas é o único modo de me manter longe de você", pensa Anny, desapontada com o ocorrido. O que tinha a fazer era ir para o quarto e tentar dormir.

Ao chegar no carro, Roberson sussurra baixinho para si mesmo:

— Eu não a vejo como criança, Anny, mas como a mulher que amo e desejo ter ao meu lado para o resto da minha vida.

Ele vai embora triste. Ele percebe que já é tarde, estava apaixonado por uma mulher que o desprezava. Sua mente pede para ele se afastar, mas seu coração quer o contrário. Cada vez mais próximo de Anny, não tem como deixar de vê-la. Sente raiva de si mesmo porque deveria tê-la abraçado, segurando-a em seus braços, e se declarado. A pior coisa que poderia acontecer era amar uma mulher que não o amava. Ser amigo dela não é o suficiente para ele. Ele fica ansioso por sentir seu perfume, ver aquele sorriso cheio de felicidade, ver o vento soprar seu cabelo dourado, fazendo-o ficar revoltos, sentir o toque macio de sua pele.

Ao chegar em sua mansão, ele conversa com um criado de confiança, dizendo que pretendia fazer uma viagem para a Itália e não sabia quando voltaria. O criado não faz nenhuma pergunta, apenas obedece as ordens, mandando fazer uma reserva no primeiro voo para a Itália.

Roberson vai viajar às 8h. Na verdade, ele está fugindo para não perder o controle, para não procurar Anny para a abraçar e dizer o quanto a ama. Sente medo de perdê-la, mas não pode fazer tal loucura e acabar perdendo a amizade que resta entre eles. Ele entra no quarto e não acende a luz principal. Está magoado e uma dor profunda invade seu coração. Ele se senta numa poltrona próxima à janela e fica olhando para as estrelas. Há nuvens no céu que dificultam a visão. A escuridão do quarto faz com que ele esqueça um pouco a solidão que sente. De repente, ouve alguém bater na porta e calmamente diz:

— Entre.

A pessoa entra. Era uma criada, que diz:

— Senhor, vim fazer sua mala para a viagem de amanhã.

— Não precisa, Alice. Amanhã cedo você faz. Obrigado. Vou dormir cedo, pois estou cansado – ele responde sem virar a cabeça para não olhá-la, pois ela perceberá o seu rosto triste.

— Se o senhor deseja, posso acender o abajur. Está muito escuro no seu quarto e logo irá chover – comentou a criada.

Roberson é rápido e responder:

— Não precisa. Alice. Estou acostumado com a escuridão. Pode se retirar e vá descansar...

Alice olha para ele e fica triste por ver seu patrão nessa situação. Ela pensava que ele já tinha superado a desilusão e tentava entender o motivo dessa viagem repentina. Qual seria o verdadeiro motivo da sua saída? A criada sai do quarto e fecha a porta atrás de si.

Roberson sente-se um completo idiota por estar sofrendo por um amor não correspondido, pois havia jurado nunca mais se apaixonar. Porém ele não tem como manter mais essa promessa.

No passado, ele teve uma desilusão que o fez sofrer bastante. Roberson se apaixonou por Kátia Carlines e eles chegaram a ficar noivos. Porém, um dia, ao sair à noite para ir à casa da sua noiva, ele para o carro um pouco antes de chegar e vê sua noiva com outro homem, aos beijos, dentro de um carro. Seu coração dispara acelerado devido ao susto. Ela abre a porta do carro e sai. Estava com uma saia curta, uma miniblusa cobrindo apenas parte dos seios, os cabelos presos acima da nuca e maquiagem forte.

Roberson sai do carro muito magoado e irritado ao mesmo tempo, por vê-la vestida dessa forma. E pior, a mulher que amava estava com outro homem. Chegando perto dela, puxa-a pelo braço, pega em seus ombros e a sacode com bastante força, totalmente fora de si. Então fica parado, olhando para ela, sem acreditar que era ela mesmo na sua frente. O seu amante tenta reagir, acertando-lhe um soco no rosto, e Roberson fica nervoso com essa reação.

No mesmo instante, Roberson devolve-lhe o soco e o rapaz cai no chão. Roberson a puxa para dentro de seu carro e vai embora para casa que herdara de sua família na Itália, onde morava há mais de dois anos.

Chegando em casa, eles discutem e ela diz que não o ama e que não gosta que ele a toque. Quando ouve essas palavras, ele fica triste e pensa em como é possível chegar a tanto? Nunca tinha sido tão ofendido como naquele momento, e pela mulher que ele amava. Ela continuou falando, e disse que estava grávida e que o filho não era dele. Conta-lhe todo o caso que tinha com o homem que estava com ela, e para ser cruel, diz que não quer ser mãe dos filhos de Roberson. E sai batendo a porta atrás de si.

Esse era o motivo que levava Roberson, filho único, há tanto tempo morar sozinho em Meldon Hall, em uma mansão que também herdara de sua família. Por isso as pessoas passam a chamá-lo de "homem da mansão", e ele começa a ajudar a quem precisa.

Mas sua vida muda depois que conhece Anny. Ela é diferente das outras mulheres e faz com que ele quebre sua promessa: não se apaixonar mais. Há muitos anos ele não se interessava por outra, até conhecer Anny, que, com seu jeito meigo, conquistou seu coração. Ela é uma mulher sincera, determinada, responsável e confiava nela.

Roberson bate com força a mão na poltrona e pensa: "Anny seria incapaz de fazer comigo o que a Kátia fez".

Para ele, nesse momento, ela tira a possibilidade de confiar em outra mulher, e ele acaba lembrando, furioso, do seu passado, que sempre o atormentava. E ela o deixa perturbado, pois esperava que Anny fosse diferente. Roberson serve a si mesmo uma dose de uísque e logo adormece, ali mesmo, na poltrona.

Enquanto isso, em sua casa, Anny pensa nele e não consegue controlar as lágrimas, que correm pelas suas faces. Anny joga o travesseiro no chão, com raiva de si mesma por amar um homem cujo amor pertence a outra mulher. Ela vai para o banheiro para lavar o rosto e decide tomar banho para esquecer as dolorosas lembranças. Entra na banheira com água morna e fica deitada, deixando que a água cubra seu rosto e molhe seu cabelo.

Anny veste sua camisola e coloca um perfume suave. Fica perto da janela de seu quarto, as cortinas batem contra a janela de vidro, pois o vento está muito forte. Começa a chover forte. Anny fecha a janela, arrumando as cortinas. Ela fica com medo, assustada com o vento e com a chuva forte. Vai para a cama e fica debaixo dos lençóis. Depois de muito tempo rolando na cama, Anny consegue dormir.

Anny levanta às 6h, toma um banho, veste um jeans e uma blusa, e vai ajudar os empregados a tirar o leite e cuidar dos outros afazeres da fazenda. Roberson viaja para a Itália.

À tarde Anny recebe um telegrama de sua mãe: "Querida filha, vou ficar em Londres uma semana por causa de uns papéis do divórcio, que vão demorar uns dias para ficarem prontos. Seu pai manda um beijo para você. Beijo, querida filha. Giovanna Gomes".

A jovem filha pensa, com os olhos cheios de lágrimas: "Minha mãe vai demorar muito. Estou com saudades, sinto tanta sua falta, mãe. Gostaria que você estivesse aqui para contar sobre o que sinto por Roberson".

Ela liga a televisão para se distrair um pouco, quando é anunciado algo urgente no plantão noticiário. Anny senta-se no sofá e sem prestar atenção à imagem, ouve a seguinte notícia: "Terrível acidente com vítima fatal na rodovia que liga Londres ao interior".

Ela pula do sofá e tenta entender o que o repórter anuncia, assustada pelo trágico acidente acontecido na rodovia. Continua o jornalista: "Uma moça, aparentando uns 20, dirigia em alta velocidade, e acabou saindo da pista e batendo em uma árvore, morrendo no local do acidente". No vídeo, aparece a imagem do carro totalmente destruído. Nesse momento, o locutor diz o nome da vítima, o que a faz estremecer: Molly Smith.

— Meu Deus... Ela não merecia morrer dessa forma... - murmura Anny.

Ela não toma café, pois fica triste com a notícia. Roberson está viajando e não sabe do acidente. Anny passa alguns minutos refletindo a morte de Molly e resolve sair para a varanda da sua casa. Um dos empregados da fazenda chega e ela desperta para a realidade a sua volta.

— Miss Gomes, Trovão está sem se alimentar há dois dias – diz Walther, olhando para a patroa.

Anny olha arregalada e, assustada, fala:

— O Trovão não fica sem se alimentar. Por que não me contou antes, Walther? – pergunta ela, indo em direção ao celeiro, quase correndo. O empregado segue atrás dela, com passos largos, e nada responde.

Ao ver o cavalo deitado no celeiro, Anny pega a cabeça do animal e vê que seus olhos estavam cheios de lágrimas, o rosto pálido, com feições de tristeza. Sem se importar com a presença de Walther, ela começa a conversar com o animal.

— Trovão, não gosto nem um pouco do jeito que você está agora. O que está acontecendo para não se alimentar? – diz Anny, passando a mão suavemente na cabeça do cavalo.

Walther fica admirado por ela conversar com o Trovão daquele jeito.

— Trovão, gosto de você. Precisa voltar a se alimentar. Não me conformo em te ver assim, pois você me parece estar doente. – Faz uma pausa e continua: – Você sabe que é meu melhor amigo. Se só estiver triste por não ter vindo te visitar, peço desculpas. Anny passa a mão mais uma vez na cabeça do cavalo, no pescoço, e sorri para ele.

Walther fica comovido por presenciar essa cena, olhando os dois e admirando o Trovão relinchar, entendendo o que sua dona diz.

— Trovão, levante-se e vá pastar – diz Anny, olhando séria para ele.

Mas ele continua deitado, olhando para ela, vendo que sua dona não está brincando. Walther se aproxima.

IX

Que minha solidão me sirva de companhia.
Que eu tenha a coragem de me enfrentar.
Que eu saiba ficar com o nada
e mesmo assim me sentir
como se estivesse plena de tudo.
(Clarice Lispector)

— Vou levar o Trovão para se alimentar e depois vamos cavalgar – diz a jovem.

— Posso ir com vocês? – pergunta Walther.

— Sim – responde Anny, e continua falando: – Vou voltar a fazer os passeios matinais com o Trovão todos os dias. Pode deixá-lo selado para mim, fazendo um favor?

Trovão ouve sua dona falando e fica relinchando. Walther olha para ele e diz, sorrindo:

— Ele está bem. E é teimoso! Quer passear com você. Vamos, Trovão. Quando estiver alimentado te aviso para irmos cavalgar. Não volte a ficar sem se alimentar, pois deixa Anny preocupada.

Trovão relincha alto e sai correndo para o pasto. Anny fica feliz ao vê-lo assim e volta para agradecer a Walther

— Obrigada por me ajudar com o Trovão. É um cavalo ensinado, entende o que dizemos, e ele percebeu que eu estava triste. Por isso fez todo aquele drama para não se alimentar.

Walther sorri e responde:

— É verdade, senhorita Gomes. Por que está triste? Está com algum problema?

— Não. Estou aproveitando que vocês me ajudam na fazenda, mas estou sentindo falta da minha mãe. Eu não costumo ficar sozinha na fazenda e ela vai ficar uns dias em Londres – responde ela, abaixando a cabeça por estar mentindo.

O rapaz fala:

— Senhora Gomes foi assinar o divórcio. Seu pai concordou?

— Sim, recebi um telegrama da minha mãe dizendo que vai ficar uns dias, até os papéis ficarem prontos para assinar.

— Desejo que sua mãe seja feliz. E vocês vão continuar morando na fazenda ou vão para Londres? – pergunta Walther, olhando para ela e interessado na resposta.

Anny fica surpresa com a pergunta do funcionário, pois ela não havia pensado na possibilidade de se mudar do interior.

— Walther, infelizmente não sei. Nunca pensei que isso pudesse acontecer. Se depender de mim não deixarei de morar aqui. Tudo aqui é maravilhoso – responde Anny.

Walther sorri, feliz por saber que ela não pensa em morar em Londres. "É maravilhoso saber que estará aqui conosco sempre, com esse lindo sorriso pela manhã".

Todos estão acostumados com a presença de Anny por perto. Admiram-na e a respeitam por ser uma jovem doce e gentil, tão querida pelos três jovens funcionários e pelo Trovão.

— Nós ficaremos felizes em continuar contando contar com sua presença e teremos prazer em continuar trabalhando aqui – diz Walther.

Anny ri com o comentário do Walther e fica agradecida. A jovem diz:

— Vamos passear com o Trovão?

— Tudo bem – responde Walther.

Eles vão até os rapazes, que esperam para arrumar a cerca. Anny dá algumas instruções e vai para casa, deixando-os terminarem o serviço.

Anny se senta na poltrona, cansada, pensando em como o Trovão havia percebido sua tristeza. Triste por um amor não correspondido. Ela bebe água e come um lanche pouco antes do passeio. Nesse mesmo instante, Anny escuta o relincho, corre para a janela e ri, vendo a animação do Trovão. Ela sai para varanda e grita:

— Que pressa para irmos passear!

Trovão começa a correr de um lado para outro, relinchando para chamar a atenção da sua dona.

— Estou indo, diz Anny, seguindo em sua direção. Ela monta sem selar o animal. Trovão sai cavalgando para o celeiro, relinchando e mostrando para sua dona que se sente feliz, relembrando os passeios antes de ela conhecer Roberson.

O animal corre com o máximo cuidado para sua dona não cair. Walther escuta Anny dizer:

— Vamos, Walther.

— Estou indo. Tenho que selar o Trovão, diz ele.

— Não se preocupe. Estou acostumada a cavalgar sem a sela.

O celeiro está perto da Anny e Walther volta montado em outro cavalo para acompanhá-la. Trovão sempre deixa o rapaz para trás, mas depois diminui a velocidade para o outro animal acompanhá-lo.

Walther cavalga sempre sorridente e admira vê-la cavalgar com ar de liberdade. O cabelo está solto, o vento sopra, deixando-o revolto, mas ainda elegante. A tarde está ótima para o passeio, pois havia chovido a noite anterior, deixando o campo úmido. Ele teve uma oportunidade para um passeio e não recusou o convite.

Quando chegam à margem do rio, os animais bebem água, saciando a sede, e Anny conversa com Walther. Minutos depois seguem de volta para casa, por volta das 18h. Antes de chegarem, ela avisa que vai demorar um pouco e Walther segue sozinho para o celeiro.

Anny pede ao Trovão para cavalgar mais rápido, e com a velocidade do animal ela não percebe o perigo que a espera à frente. Querendo fugir de seus pensamentos em relação aos últimos acontecimentos ela corre bastante e, de repente, Trovão se assusta ao ver uma cobra.

O animal empina e faz com que ela caia. Ao se levantar, sente dor no tornozelo e grita. Ao ver sua dona no chão, Trovão corre relinchando em direção ao celeiro. Esperando o pior, Walther monta em um cavalo em busca de Anny. Ela sente a presença de alguém e começa a gritar:

— Estou aqui!

Indo em direção ao grito, Walther a encontra. Anny se apoia nele, montando no Trovão e seguindo para casa. Walther a ajuda descer do cavalo.

Minutos depois, Anny está sendo atendida por um médico, amigo da família. Ele diz que não é nada grave, enfaixa seu tornozelo e lhe indica remédio e repouso.

Após uma semana longa e difícil, Anny se sente melhor. Agora, logo sua mãe chegará de Londres. Walther ajuda na fazenda sempre que tem tempo. A jovem está em forma novamente e convida-o para um passeio. Ao escutá-la, ele ri. "Ela é teimosa, está querendo passear", ele pensa. Anny percebe seu jeito e diz:

— Estou me sentindo melhor e já posso cavalgar. Vamos combinar outro dia.

Ela retribui o convite com um aceno de cabeça e se retira, enquanto Walther fazia o mesmo, pegando sua caminhonete.

Novamente sozinha, Anny entra na cozinha para fazer um lanche. De repente, lembra-se de algo ocorrido na noite antes ao acidente de cavalo. Sente-se sozinha e suas lágrimas correm pela sua face.

Ela vai para o quarto e deita-se na cama, pois está cansada. Mesmo assim, seus pensamentos impedem a jovem de dormir.

Ao amanhecer, acorda com os olhos inchados por não ter dormido bem, e escuta o relinchar do Trovão para chamar sua atenção. Anny ri, levanta-se da cama sem lavar o rosto, desce os degraus da varanda e vai ao encontro do cavalo.

— Você me acordou. Terá que esperar, pois vou tomar banho.

Ele sai correndo para o pasto. Anny ri com seu jeito e procura manter os passeios matinais. Ela toma banho, veste-se e vai para cozinha. Abre a porta da geladeira e pega uma fatia de bolo para comer.

Ela espera sentada na varanda a chegada do Trovão. Quando ele chega, Anny se aproxima dele, monta-o e sai cavalgando. Ao voltara do passeio, entrega o animal a Marchs, vai para casa e faz o almoço. Após almoçar, ela fica deitada na cama por meia hora e começa a pensar em Roberson. "Será que ele ficou com raiva de mim depois de eu agir grosseiramente? Foi o único jeito que encontrei para ficar longe de seus braços, de seus carinhos".

Os pensamentos de Anny a atormentam. Ela fica triste e magoada por ele não ter ido visitá-la. Sente-se abandonada. Ela quer desprezá-lo para ele sair da sua vida. Ele vai para a Itália, pois, para Roberson, era o correto a se fazer naquele momento.

De certa forma, Anny o fez decidir sobre a viagem, pois se sentiu desprezado por ela.

Ela quer ir visitá-lo e pensa: "Será que ele irá recebê-la?". Ela fica confusa sobre essa decisão de ir à casa dele. Porém ela não sabe que não irá encontrá-lo na mansão. Ela empresta a caminhonete do Walther e vai para cidade. Chegando lá, ela faz compras, vai visitar a igreja e conversar com o sacerdote, que conhece há muito tempo.

Inicia uma agradável conversa com o padre William, que irá celebrar o casamento da sua mãe com Jonas. Depois de conversar, Anny decide ir à mansão. Ao chegar, ela aperta o botão da campainha, avisando sua presença aos criados. A criada vem atendê-la:

— Posso ajudar, senhorita?

— Por favor, pergunte ao senhor Samper se ele pode me atender. Sou a senhorita Gomes.

— Sinto muito. O senhor Samper viajou para Itália. Não sei quando ele vai voltar.

— Obrigada! Com licença – responde Anny, saindo com uma expressão de tristeza ao escutar as palavras da criada.

Ela se apaixona por um homem que faz um juramento, fechando seu coração para o amor. O que ela não sabe é que Roberson está apaixonado por ela e, em busca de esquecer essa paixão, resolve viajar e ficar longe, com medo de se magoar.

Anny pensa: "Por que ele foi para Itália, onde possivelmente ainda mora a ex-noiva dele?".

X

Para estar junto não é preciso estar perto e, sim, do lado de dentro.
(Leonardo da Vinci)

Triste e pensativa, ela entra na caminhonete, sente um frio no estômago e volta para a fazenda. Walther a espera na varanda para ajudar com as compras e ela entrega a chave do automóvel para ele. Sozinha, prepara o almoço e, em seguida, vai tomar banho, tentando não pensar em Roberson.

Passa mais de uma semana. Anny cavalga todos os dias com Trovão, dorme cedo e ocupa seu tempo.

Na terça-feira, às 7h, ouve um barulho de automóvel se aproximando da fazenda. Os empregados chegam minutos antes e ela pensa que pode ser Roberson. Porém Anny se engana. Ao correr para varanda de seu quarto, olha para o pátio e avista o automóvel. São sua mãe e o senhor Moraes chegando da viagem a Londres.

Anny toma um rápido banho, sai apressada e se esquece de pentear o cabelo, ainda úmido. Ela desce as escadas correndo e Giovanna já está na sala, com sua bagagem e sacolas de compras que trouxe de Londres.

Giovanna abre os braços para a filha. Anny encosta a cabeça no ombro da sua mãe e sente que precisa muito desse abraço. Depois de beijar a filha, com saudades, por ter ficado longe vários dias, Giovanna olha e diz:

— Você emagreceu nesses dias que fiquei em Londres. Tem trabalhado muito?

— Não. Senti sua falta. Pode ser esse o motivo.

Giovanna está com as mãos no rosto da filha e vê uma sombra de tristeza em seu olhar, mas nada comenta. Anny tenta sorrir para sua mãe não ficar preocupada. Depois de conversarem por alguns instantes, o senhor Moraes comenta entusiasmado:

— Anny, trouxemos um vestido para você usar no dia do nosso casamento.

— Obrigada! Fico feliz por vocês terem se lembrado de mim.

— Filha, o nosso casamento será neste fim de semana.

Giovanna não consegue esconder a felicidade que sente ao falar do seu casamento com Jonas. Anny pensa em seu pai e se sente magoada. Pensa que poderiam estar todos juntos se ele não tivesse abandonado a sua mãe. Mas ela está feliz e é isso que importa.

— Fico feliz. Mas o senhor Samper não estará presente no casamento. Ele viajou para Itália e é possível que não participe – diz Anny.

— Está enganada. Ele volta hoje, às 17h, para cuidar dos preparativos da festa do nosso casamento, que será na mansão – comenta sua mãe.

Anny fica surpresa e não consegue esconder a felicidade ao ouvir essas palavras. Então pergunta:

— Como a senhora sabe?

— Roberson ligou para Jonas nos informando sobre a volta dele a Meldon para começar a organizar a festa.

— Jonas, você sabe por que ele viajou tão de repente para Itália? – pergunta Anny.

— Ele não comentou nada. Desculpe-me por não poder responder essa pergunta. Somente ele pode dizer o motivo.

Jonas mente para não trair a confiança de seu amigo, mas ele sabia que Roberson tinha viajado por não ter coragem de falar de seus sentimentos para Anny e por não conseguir ficar próximo a ela, pois era uma tortura sentir o calor de seu corpo, o cheiro de seu perfume e não poder abraçá-la. E, também, por ter medo de sofrer outra decepção.

Roberson não tinha se esquecido da traição da ex-noiva, pela qual era apaixonado. Quando conhece Anny, com o passar dos dias passa admirá-la pela sua personalidade forte, meiga e gentil. Aos poucos, ele se apaixona por ela, mas fica com medo de seus sentimentos, pois havia sido difícil superar o que lhe acontecera.

— Tudo bem, não tem importância - responde Anny. Ela sabe que Jonas está escondendo a verdade e finge se conformar com a resposta do futuro padrasto.

Jonas muda de assunto, falando sobre os filhos que o senhor Gomes tem com a outra esposa: uma menina de 8 anos e um menino de 6 anos. A menina tem olhos pretos e pele alva; o menino se parece com o pai: moreno, cabelo preto e olhos castanhos. Anny fica de boca entreaberta, sem acreditar no que estava escutando, de que tinha dois irmãos por parte de pai.

— Mãe, como reagiu a esposa dele ao vê-la? - pergunta Anny.

— Ela foi simpática conosco. E seu pai aceitou o divórcio, não reclamou, porque também pensa em se casar - responde sua mãe.

Jonas olha para Giovanna e volta ao assunto de antes, dizendo:

— O senhor Edgar Gomes fez muitas perguntas a seu respeito. Respondemos o necessário: que é uma moça bonita e feliz por morar com sua mãe.

Anny não responde nada, mantém silêncio absoluto. Ao notar o olhar sério da filha, Giovanna comenta:

— Ele quer te ver e vem para o casamento com os filhos para nos visitar. Quanto à minha opinião, não importa. Desde que você concorde com a visita dele, estarei de acordo.

— Pode vir me visitar, mas não aceito chamá-lo de pai. Quero conhecer meus irmãos, não tenho nada contra eles. Quando precisei dele, ele estava ausente. É tarde para se aproximar de mim, mãe - responde Anny, triste e pensativa.

Giovanna sorri e, solidária, fala:

— Claro que você tem todo direito de não querer ver seu pai. Eles têm uma vida em Londres e nós aqui, por isso faça como quiser.

— Mãe, vou preparar o almoço - Anny diz.

— Nada disso, mocinha. Eu vou preparar o almoço hoje - responde o senhor Moraes.

Jonas se levanta da poltrona e vai até a cozinha, sem esperar pela resposta de Anny. Mãe e filha ficam na sala, conversando. A jovem conta o ocorrido com Trovão e sobre a queda. Giovanna fica assustada e lamenta por estar longe dela naquele momento. Anny ri e diz que Walther a ajudou.

Jonas vasculha os armários, procurando alguma panela para preparar o almoço. Anny vai ver os trabalhadores e pedir que eles façam alguns serviços. E, então, vai fazer seu passeio com o Trovão.

No almoço, Anny elogia o noivo da mãe pela comida deliciosa e diz que adoraria ter Jonas na cozinha todos os dias e fazer seus passeios matinais com Trovão.

À tarde, Anny ajuda os rapazes a pegar frutas no pomar para levar à cidade. Eles as colocam em caixotes, Walther e Marcos vão fazer as entregas e Anny fica com outro funcionário colocando comida no celeiro para os animais se alimentarem durante a noite.

Anny vai para casa e sente o aroma gostoso do jantar. O cheiro invade a casa inteira.

— Perdi a hora. Já passou das 19h – diz Anny, apressando-se. Ela vai para o quarto para tomar banho e ao sair desce as escadas rapidamente, indo para cozinha. Ela para na porta ao escutar uma voz atrás de si; sente um frio no estômago. Ela ouve:

— Boa noite, Anny!

Ela se vira devagar para ver e, surpresa com sua chegada repentina, olha-o nos olhos. Seu coração bate acelerado e ela não acredita que seja ele mesmo.

Não foi nada agradável o último encontro entre os dois. Chega o momento temido. Ela estava ansiosa para vê-lo, mas, nervosa, não responde nada. Adivinhando seus pensamentos, Roberson diz:

— Parece que viu um fantasma! Fui convidado para jantar. Ficou surpresa com minha presença? Você não sabia que fui convidado?

Anny, ainda abismada, não responde. Roberson se aproxima dela e pega em seu braço, olhando para ela. Anny sente um calafrio percorrer sua espinha, os batimentos acelerados, e ainda mais nervoso. Ao notar seu nervosismo, Roberson comenta:

— Você está bem? Aconteceu alguma coisa, além de ter caído do cavalo?

Ouvindo essas palavras, ela olha para ele. Anny pensa: "Ele já está sabendo que caí do Trovão". Ou seja, ele estava viajando, mas estava a par dos acontecimentos da sua vida. Ela não gosta da maneira como ele e ele mostra ter ficado aborrecido com o fato ocorrido.

— Boa noite! Estou bem e surpresa em vê-lo – diz a jovem, lembrando-se do último encontro nada agradável deles. E tentando se recuperar do susto, afasta-se rapidamente dele.

Roberson não consegue se controlar. Aproxima-se e a beija de surpresa. Anny não sabe o que fazer e tenta se distanciar, mas não consegue. O que sente por ele é mais e ela continua o beijo.

Ele sente seu coração se encher de felicidade, pois percebe que ainda resta uma esperança de ter sua amada perto de si, em seus braços. Nesse instante, Anny cai em si, fica tensa e se afasta de imediato. Mesmo embaraçada pelo ocorrido, pela forma como seu corpo reage ao beijo dele, ela fica próxima e, encostando a cabeça no ombro de Roberson, permanece em silêncio.

Ela sente a respiração ofegante e vem em sua mente que eles não estão sozinhos. Ela, então, lembra-se de sua mãe. Rapidamente, ela sai dos braços de Roberson. Anny não consegue olhar para ele após o beijo. Ele vai dizer alguma coisa para ela, mas ao escutar a voz de Jonas, decide ficar quieto.

— Vocês estão aqui? – indaga o amigo de Roberson.

— Onde está minha mãe? – pergunta Anny.

— Sua mãe está na cozinha. Daqui a pouco vamos servir o jantar. Se vocês quiserem, podem beber um drinque – fala Jonas.

— Por mim está ótimo. Você aceita? – questiona Roberson, olhando para Anny.

Ela fica constrangida. Jonas faz questão de deixá-los a sós, nem tenta disfarçar. E Anny lamenta por estar diante dele e não poder abraçá-lo. Roberson insiste:

— Anny, aceita tomar um drinque?

Ela volta à realidade.

XI

Amor é um fogo que arde sem se ver;
É ferida que dói, e não se sente;
É um contentamento descontente;
É dor que desatina sem doer.
(Luís Vaz de Camões)

Despertando de seus pensamentos, Anny responde:
— Sim, aceito.

Os dois se olham por um instante e vão para a sala. Ela vai até uma mesinha onde tem um balde com gelo e uma garrafa de bebida. Prepara os drinques e entrega um dos copos para ele que, de imediato, pega de sua mão, sorri e leva a bebida até os lábios.

Roberson a convida para irem à varanda. Anny fica parada por um tempo, mas o acompanha, sem pronunciar uma palavra. Ela se senta em um banco e, em silêncio, saboreia a bebida, olhando para o céu, observando o brilho das estrelas e o clarão da Lua.

Disfarçadamente, Anny olha e admira o corpo másculo perto de si e sente um calor percorrer seu corpo. Ela sente seu coração disparar e um frio no estômago. Um calafrio faz seu corpo estremecer. Roberson coloca o braço em torno de seus ombros e a traz para mais perto dele.

A jovem sente-se protegida. Roberson pega o copo da mão de Amy e o coloca em cima do banco, abraçando-a e aconchegando-a em seus braços. Ele pergunta:

— Você está com frio?

— Sim – responde ela.

Anny sabe o quanto seu corpo sente aqueles arrepios, e mesmo que o deseje muito, sente medo de amar. Roberson passa a mão em seu cabelo, indo até sua nuca. Ela pousa a mão no pescoço dele, retribuindo o carinho.

Quando ele sente o toque da mão macia e suave da jovem, invade um desejo no seu corpo. Ele quer seguir adiante, mas Roberson ainda não pode ficar com ela, tendo que conter seu impulso para não passar dos limites.

Ela parece muito frágil e inocente, e ele pensa em conquistar seu amor aos poucos. Ele não imagina que ela já está apaixonada. Ele passa a mão no rosto delicado da jovem.

Ela sorri e, afastando-se um pouco dele, olha fixamente nos olhos de Robert. Não resistindo à proximidade, ele a beija e, ao corresponder, Anny sente seu coração acelerar. Ela o envolve pelo pescoço, sentindo as mãos dele em sua cintura.

Percebendo o que pode acontecer, ela se afasta e vai para a porta. Ele a impede de entrar na casa e, segurando em seu braço, beija-a e diz:

— Você é uma mulher bonita e admiro não ter namorado.

Anny não responde. Está um pouco assustada pelo atrevimento de ambas as partes, e percebe que ambos se sentem atraídos.

Apesar de ambos acharem que um está brincando com os sentimentos do outro, eles se permitem chegar além do que esperam. Anny não é criança e sabe o que está fazendo. Roberson, vendo que ela está absorta em seus pensamentos, torna a beijá-la, puxando seu corpo de encontro ao dele. Ela sente algo diferente, admite para si mesma que está apaixonada por ele, mas fica com medo e não quer aceitar que está envolvida. É um amor intenso e desesperador, pois é impossível resistir àqueles beijos e abraços. Anny sente o desespero aumentar e diz:

— É melhor pararmos com isso. Não é possível haver alguma coisa entre nós.

Jonas chama os dois para jantar. Roberson solta a jovem ao escutar a voz dele. Eles vão até a sala, onde os esperam para servir o jantar e conversar. Anny e Roberson, sempre que podem, entreolham-se, recordando o ocorrido antes.

Como sobremesa, Giovanna serve um pedaço de bolo para todos, depois Jonas e Roberson se despedem e vão embora. Anny beija sua mãe no rosto e se retira para seu quarto. Ela fica se lembrando dos beijos, seu corpo sente falta dos abraços dele, dos beijos ardentes, e ela demora para adormecer. Acorda às 3h e vai até a cozinha para beber água e volta a dormir.

Na manhã seguinte, quando Anny acorda, Giovanna já havia feito o café e esperava a filha, que desce apressada. Ela toma rápido seu café para ir cavalgar com Trovão. Sua mãe a interpela, dizendo:

— Filha, nós pretendemos viajar para Londres após o casamento. Estamos querendo ficar uns quinzes dias na casa dele, pois não resolvemos onde vamos morar.

Anny sorri com a última frase de sua mãe e responde:

— Mãe, desejo muita felicidade para vocês. Quanto a mim posso morar sozinha.

As duas riem com o comentário. Anny beija o rosto de sua mãe e sai correndo para o celeiro. Pede para Walther selar o animal e fica esperando, com olhar distante e pensativa. De repente, escuta a voz atrás de si que a faz estremecer:

— Por favor, pode selar outro cavalo que irei acompanhá-la.

Ao dizer essas palavras, Roberson passa o braço na cintura de Anny e a beija no rosto. Walther dá uma olhada para os dois e percebe que ambos estão apaixonados, mas tentam esconder seus sentimentos.

Ele termina de selar os cavalos e entrega para eles, com um sorriso iluminando a face, mas transparecendo cansaço. Roberson diz:

— Walther, por favor, avise aos outros empregados para trabalharem só até o horário do almoço. Depois, tirem o resto da tarde de folga para fazerem compras. Daqui a dois dias será o casamento da senhora Gomes e quero todos vocês na festa, em minha casa.

Walther agradece com um sorriso e se afasta, indo comunicar seus colegas de trabalho. Fica feliz pelo convite do seu patrão.

Roberson ajuda Anny a montar no Trovão, o que ela aceita de bom grado. Ele monta no outro cavalo e eles saem para o passeio. Eles andam um ao lado do outro, conversando e rindo. Depois param os cavalos, ele se aproxima e pega uma de suas mãos. Ele gosta de sentir o toque macio da pele de Anny, o perfume do seu corpo, e se atreve beijá-la. É correspondido com um beijo ardente, pois ela não sente vergonha e admite que gosta de ficar com ele. Eles param de se beijar para continuarem o passeio e chegam à beira do rio. Então desmontam os cavalos e colocam-nos para beberem água.

Deitando-se embaixo de uma árvore, Roberson aproxima-se e a beija: é um beijo demorado, quente e cheio de paixão. Anny nada fala, aceita seus beijos e suas carícias, correspondendo da mesma forma sem barreiras entre eles.

Ela quer sentir o corpo dele sobre o dela e estar entre seus braços. Naquele momento, ela só quer pertencer àquele homem que ela amava.

Roberson não para e vai se aprofundando ainda mais nos beijos e nas carícias. Ele coloca a mão dentro da blusa de Anny, acariciando suas costas. Então se livram das roupas e seus corpos exigem se unirem em um só. O corpo másculo molda-se ao dela com perfeição, tomando conta do desejo entre ambos.

Após chegarem ao auge do prazer, eles continuam abraçados. Ela fica em silêncio, pois é uma grande experiência para Anny, um sonho cheio de magia.

Poderia até acontecer de não ficarem juntos, mas, mesmo assim, não se arrependem do que aconteceu entre eles. Naquele momento, nada passa pela cabeça deles. Ela só quis aproveitar, sem pensar em decepção, e fica feliz por ter se entregado para homem por quem está apaixonada.

XII

Tu estás em mim como eu estive no berço
como a árvore sob a sua crosta
como o navio no fundo do mar
(Mário Cesariny)

Abraçados, aos poucos a respiração de ambos volta ao normal. Anny permanece nos braços dele e ele diz:

— Foi maravilhoso ficar com você. Fico feliz por saber que você está bem com o que aconteceu. Só espero que não se arrependa.

Ela responde:

— Não me arrependo.

— Nós não nos cuidamos – comenta ele, olhando para ela.

Pensativa, ela pergunta:

— Você quer dizer que posso engravidar?

— Sim – responde ele.

— Não tem como voltar atrás com o ocorrido? – diz ela.

Ele olha para ela e responde:

— Vamos ficar juntos!

Roberson fica analisando-a. Ela fica confusa em seus pensamentos e diz:

— Nós precisamos voltar. Já faz tempo que saímos.

Eles montam nos cavalos e voltam para o celeiro, onde entregam os cavalos para Walther, e vão para a casa. Giovanna os espera para o almoço. Diz ela:

— Chegaram na hora! Roberson fica para almoçar conosco?

— Não posso. Preciso ir, senhora Gomes. Tenho uma reunião marcada. Agradeço. Fica para outro dia – responde ele

— Entendo – fala Giovanna, sorrindo. Ela percebe que os dois aparentam estar felizes.

Ele se despede de Anny e vai embora.

Dois dias se passam e Roberson não aparece na fazenda. Ela fica triste, sentindo sua falta. Ajuda a mãe os afazeres da casa e trabalha junto aos empregados.

Finalmente, chega o dia do casamento. Giovanna estava muito bonita em seu lindo vestido azul-marinho, com um belo colar acompanhando os brincos. O cabelo está preso num coque simples. O buquê era de flores naturais e rosas brancas.

Anny, por sua vez, usa um vestido tomara que caia longo verde-claro, que realça a cor dos seus olhos e revela a perfeição de seu corpo. Sua sandália prata combina com par de joias que está usando, seu cabelo está solto e ela usa uma leve maquiagem. Anny é uma mulher fascinante, com uma beleza rara.

Quando desce as escadas, vê que há visitas na sala com sua mãe: duas crianças e um senhor de cabelo grisalho, alto, pele morena e olhos castanho-escuros. Ele se aproxima da escada e estende a mão para ajudar Anny a descer.

Ela olha para Giovanna e para o estranho. Sabe de quem se trata: era o homem que as abandonara há muito tempo, ou seja, seu pai. Para não ser mal-educada, aceita tocar na mão que se encontra estendida em sua direção.

Seu pai diz:

— Tornou-se uma linda mulher!

— Obrigada pelo elogio, senhor Gomes – responde Anny.

Ela olha para sua mãe e pergunta:

— Mãe, o Roberson já veio nos buscar?

— Não. E o senhor Gomes prefere nos levar.

Anny olha a mãe e permanece quieta. É estranho encontrar seu pai depois de tantos anos e já está acostumada a ficar sozinha com sua mãe. Fica um clima tenso entre eles, uma vez que ela não se sente bem perto dele. Mas Edgar ignora e diz:

— Anny, esses são seus irmãos, Jack e Kelly. Eu os trouxe para que os conheça.

— Olá, Kelly e Jack.

Anny fica séria e olha para as crianças, que ficam quietas, e diz:

— Fico feliz por ter dois irmãos e triste por não ter convivido com vocês.

Kelly fala:

— Papai sempre falou de você para nós e que se parecia bastante comigo.

Anny sorri e responde:

— Sim, somos parecidas. Espero que vocês tenham sorte. Fui abandonada e ele nunca procurou saber de minha existência.

Anny já ia saindo para varanda quando e seu pai pega seu braço, impedindo-a, e diz:

— Anny, espere! Não te abandonei. Só não tive coragem de vir te procurar por ter outra mulher que esperava um filho meu.

— Os anos se passaram, senhor Gomes. Como pode ver, estou bem. – Ela faz uma pausa e continua:

— Hoje minha mãe mudará o sobrenome e deixará o passado para trás.

Anny entra no automóvel do pai e fica em silêncio até chegar à igreja. A cerimônia é realizada e então todos seguem para a mansão, onde aconteceria a festa. Os convidados estão ansiosos para a chegada dos noivos. Quando eles chegam, vão todos na direção deles para darem os parabéns, desejando-lhes muita felicidade.

Roberson faz um sinal para os músicos tocarem a valsa para os noivos dançarem no meio do salão. Giovanna e Jonas seguem para a sala, iniciando a valsa. Os outros casais começam a dançar.

Anny escuta uma voz atrás de si convidando-a para dançar. Fica triste ao se virar e dar de frente com seu pai. Quando vai responder que não, Roberson aproxima dela e ele diz:

— Vá dançar com seu pai, querida. A próxima dança é nossa.

Anny fica sem saída e não tem outra opção a não ser aceitar dançar com seu pai. Então, contra sua vontade, ela responde:

— Sim, aceito dançar com senhor.

Ela olha um pouco brava para Roberson, por ele ter interferido em sua resposta, pois sente certa revolta por Edgar não tê-la procurado todos esses anos.

Seu pai sorri feliz e estende sua mão. Anny deixa-se ser conduzida até o meio do salão. Ela nada comenta, nem consegue olhar para o rosto de seu pai, e fica olhando para as luzes que iluminavam o ambiente.

É uma bela mansão e está lindamente organizada pelos criados. Tem um lindo jardim e uma sala de visitas enorme, com vários vasos de flores nos quatros cantos do aposento. Os móveis são antigos e bem conservados.

O senhor Gomes, vendo que Anny está pensativa, desperta-a, falando:

— Filha, perdoe-me por ter deixado vocês. Sua mãe e eu não nos amávamos. Descobrimos que não seríamos felizes.

Anny permanece em silêncio e ele continua:

— Quando Giovanna pediu o divórcio não pensei em recusar. Ela tem que ser feliz e precisa refazer a vida dela com outra pessoa.

Faz uma pequena pausa e continua a falar:

— Só poderei ser feliz realmente quando você me perdoar.

Anny se sente aliviada pela música ter terminado. Os convidados fazem uma roda em volta dos noivos e pedem para eles se beijarem. Todos aplaudem e gritam: *"Felicidade aos noivos!"*.

Roberson abre uma garrafa de champanhe, põe nas taças para os noivos e oferece outra taça para Anny, que beija sua mãe no rosto. Logo após, ela abraça seu padrasto, desejando-lhes muita felicidade. Roberson olha para o relógio e diz:

— Desculpem, está na hora de partirem. Walther levará vocês ao aeroporto.

— Obrigado. Cuide de Anny até nós voltarmos da viagem.

Roberson ri e abraça seu amigo, e depois abraça Giovanna e responde:

— Não precisa se preocupar com Anny. Cuidarei dela.

Falando isso, passa o abraço pela cintura de Anny, confirmando o que disse. Eles se despendem e Walther os leva para o aeroporto de Meldon.

Na mansão, a festa continua mesmo sem a presença dos recém-casados. Roberson dança com Anny.

— O que foi, querida? Está quieta.

— Estou pensando no que o senhor Gomes me disse. Ele me pediu para perdoá-lo por não ter me procurado todos esses anos. Ele disse que eles não se amavam, mas isso não justifica o que ele fez.

Roberson a abraça fortemente e, beijando seu cabelo dourado, que brilhava com a claridade das luzes que iluminavam a mansão, pergunta-lhe:

— Por que não tenta perdoá-lo?

— Ainda estou magoada com ele.

— Querida, deixe toda essa mágoa no passado. Sua mãe se casou e vai ser feliz. Você tem seu pai de volta e dois irmãos. Aproveite a oportunidade.

Ela responde:

— Você pode ter razão. Vou tentar. Fico feliz, pois merecemos uma segunda chance. Você precisa de uma chance?

— Sim. Espero que você me dê essa oportunidade e que seja a última em minha vida.

Dizendo essas palavras, ele a beija sem se importar com os convidados. Ao terminar a música, eles vão para o jardim para ficarem sozinhos e se beijam novamente.

A única coisa que eles querem é aproveitar cada minuto como se só existisse o agora. Eles vivem intensamente seus sentimentos, não têm medo de se apaixonarem.

Às 2h todos os convidados já tinham ido embora. Roberson fica sozinho com Anny. Pega-a nos braços e começa subir as escadas. Ela ri ao ser erguida em seus braços fortes e pergunta:

— Para onde você está me levando?

— Vou levar você para conhecer o meu quarto. Amanhã mostro o resto da mansão – responde Roberson sorrindo.

Ele sobe a escada, abre a porta à direita do corredor, desce a jovem ao chão e, ainda abraçado a ela, acende a luz do quarto, clareando o ambiente. Ela fica encantada.

XIII

Amor é dado de graça
É semeado no vento,
Na cachoeira, no eclipse.
Amor foge a dicionários
E a regulamentos vários.
(Carlos Drummond de Andrade)

Anny mal consegue admirar por muito tempo o ambiente, pois ele a abraça pela cintura e fala baixinho para ela:

— Anny...

Com uma voz calma, Roberson beija sua orelha de leve. Ela sente o cheiro do champanhe e se aproxima dele, escuta um suspiro e suas emoções a invadem. Ele a abraça e a deita na cama. Ela observa que tem uma linda colcha azul-marinho. Sente seu corpo estremece de prazer. Seus corpos se unem como se se conhecessem há anos.

Após finalizarem a relação, com seus corpos suados e cansados, a felicidade invade o coração de Anny. Ela sorri, beija-o fica abraçada a ele, com o rosto encostado em seu peito, e pensa em como é maravilhoso estar com ele. Não esperava por esses acontecimentos e é muito bom tudo isso. São os dias mais felizes da sua vida. Parece um sonho e ela não quer acordar, sente medo de sofrer uma decepção. Isso a deixa apavorada. Mas naquele momento o que importava era aproveitar o carinho de Roberson. Ele, por sua vez, sem saber dos pensamentos de Anny, diz:

— Você está linda.

— Quem me tornar linda é você – responde ela.

Se ele soubesse o quanto é importante para ela ouvir essas palavras. Ela está se sentindo tão bem... Nunca passará pela mente dela viver momentos tão maravilhosos com ele, seu corpo respondendo a cada carícia feita. Para Anny é uma experiência perfeita, que mexe com seu emocional. Mesmo com medo de Roberson fazê-la infeliz ou magoá-la, ela deixa seus pensamentos de lado e se sente segura estando com ele. E é o que importa.

Suas mãos ficam cada vez mais ousadas, explorando todo seu corpo. Anny fica quieta, só deseja desfrutar dos bons momento. Não há como descrever em palavras o que sente por ele. Enfim, ambas as partes pensam iguais.

Ela desperta e sente a claridade do sol em seu rosto. A luminosidade penetra entre as finas cortinas da janela entreaberta, fazendo o vento passar para dentro do quarto. E como foi bom acordar ao lado dele, sentindo o calor dos braços dele, que prendem sua cintura, as pernas dele entrelaçadas com as suas.

Ela permanece em seus braços, mas sente o entusiasmo diminuir e ser substituído por uma tristeza. Ela está nos braços do seu amor, porém sente um medo imenso em seu coração de pensar que pode não ter lugar na vida desse homem.

Roberson só sente desejo, não poder esperar que possa se apaixonar por ela, e nenhum sentimento, só prazer entre eles. Anny pensa em viver os melhores momentos com ele, um dia após o outro, e se acontecer de perdê-lo, ficarão as boas lembranças.

Ela se levanta com cuidado para não acordá-lo, toma um banho e se veste. Abre a porta do quarto devagar, mas quando está saindo, ouve a voz de Roberson dizendo:

— Onde você pensa que vai? Faz amor comigo, dorme em minha cama, e quer sair assim, sem dar nenhuma explicação?

Ela sorri, virando-se para ele, e responde:

— Não queria te acordar, querido. Tenho que trabalhar. O pessoal está me esperando.

— Não, Anny. Falei para os rapazes tirarem o dia de folga por causa da festa de ontem. Você tomará café comigo. Precisamos conversar.

Sem se importar com sua nudez, ele se levanta da cama e vai para o banheiro. Anny fica quieta e sorri, senta-se na poltrona e o espera sair do banho. O cheiro do seu perfume deixa o quarto perfumado e ele fica bonito com calça jeans e camiseta branca. Ele se aproxima dela e a beija de jeito provocante. Então diz:

— A criada deve estar preocupada porque ainda não desci para o café.

— Só espero que a criada não me culpe pela sua demora – diz Anny.

Eles descem as escadas de mãos dadas. A criada sorri ao vê-los juntos e percebe o ar de felicidade no rosto de seu patrão, que, claro, tem a ver com a moça.

Roberson fala:

— Bom dia, Alice. Desculpe pela demora.

— Bom dia, senhor Samper. O café está servido. Eu ia chamá-lo – responde a criada. Então olha pra Anny e pergunta:

— A senhorita dormiu bem?

— Sim, Alice. Pode chamar de Anny. E pode tirar o dia de folga.

— Hoje não é o meu dia de folga – comenta a criada.

Roberson olha para Alice e diz:

— Fique tranquila. Anny está certa, concordo com ela. Não iremos almoçar em casa. Tenho um compromisso e ela irá comigo.

A criada sorri e se retira da sala, feliz por ver o patrão alegre. Ela sabe que ele é apaixonado pela moça. É bem provável que ele tenha encontrado a pessoa certa. Anny fica em silêncio e eles começam a tomar café.

Os dois vão para o jardim e se sentam em um banco. Ela percebe de imediato que ele está sério e pensativo e pergunta:

— O que houve? Está pensativo.

Ele olha para ela e sente um pouco de receio em falar, pois não sabia qual seria sua reação, mas não podia adiar mais, precisava fazer uma pergunta que tanto atormentava seus pensamentos. O medo da resposta o deixa perturbado, seu coração acelera e ele acaba abaixando a cabeça.

— Fala pra mim o que está te preocupando.

Ele volta a olhá-la e diz:

— Você aceita se casar comigo?

Anny fica séria, não acredita no que tinha acabado de ouvir. Boquiaberta, não consegue responder. Ele fica nervoso com o silêncio dela e repete a pergunta:

— Anny, aceita se casar comigo?

Ela olha para ele e com um sorriso responde:

— Aceito.

— Anny, amo você. Estava com medo de você não aceitar o meu pedido de casamento – fala ele.

— Sinto o mesmo por você. Por que medo?

Ele responde:

— Por medo de você não aceitar se casar comigo. Foi difícil aceitar os meus sentimentos. Agora vejo que foi a melhor coisa que me aconteceu. Estou muito feliz.

Então ele a beija e sente seu corpo frágil contra o seu. Ele se afasta e olha-a nos olhos. Anny sorri e diz:

— Vou tentar fazer você feliz. Eu senti medo de amar, de você brincar com meus sentimentos.

Roberson abraça e fala:

— Eu amo você. Quero que seja a mãe dos meus filhos.

— Sim! – ela responde.

Roberson lembra-se do almoço e diz:

— Anny, temos que ir ao almoço que está marcado para nós.

Ele pega uma das mãos de Anny e eles vão para o carro. Ela não imagina que o almoço é com seu pai. Eles entram no restaurante e param em frente à mesa em que Edgar os espera. Roberson foi seguido por Anny, que não emite nenhum som. Ele nota a expressão de surpresa no rosto da jovem e puxa uma cadeira para Anny se sentar ao seu lado. O senhor Gomes logo pergunta:

— Tudo bem com você?

— Sim, senhor. Como estão crianças? – responde ela.

— Elas estão bem – o pai de Anny diz.

O senhor Gomes olha para Roberson e, curioso, questiona:

— O que deseja, senhor Samper? Aconteceu alguma coisa?

Roberson olha para ele sério e responde:

— Preciso conversar com o senhor sobre um assunto do meu interesse. Mas primeiro Anny tem uma coisa para dizer.

Ela fica surpresa com essas últimas palavras e percebe que os dois ficam olhando para ela, esperando que dissesse alguma coisa. Mas não é fácil para ela. Então ela olha para seu pai e para os irmãos meio sem jeito e diz:

— Fico feliz por ter dois irmãos. Não os procurei por não saber da existência deles. – Ela tenta sorrir para as crianças e continua a dizer: – O senhor me desculpe se agi de forma grosseira. Foi difícil aceitar sua ausência.

Seu pai olha para ela com um sorriso de felicidade, comovido pelas palavras da filha e pergunta:

— Filha, você pode me dar um abraço?

Ele abre um pouco os braços para ela, esperando por um abraço carinhoso. O que era tão difícil para Anny se torna fácil agora. O passado fica para trás e surge um recomeço para todos

Ela fica feliz e fala:

— Sim. Desculpe por ficar magoada com o senhor por todos esses anos.

— Quem deve pedir desculpas, sou eu. Você não teve culpa – responde seu pai.

Kelly e Jack também abraçam Anny. Ela está feliz por ter dois irmãos. Após conversarem por um tempo, o senhor Gomes olha para Roberson e questiona:

— Estou feliz tão feliz que me esqueci o motivo deste almoço. Você quer conversar comigo?

Roberson sorri para ele e diz:

— Senhor Gomes, a mãe de Anny está viajando, então vou pedir para o senhor.

Anny olha para ele sem entender o real motivo daquele almoço em família. Seu desentendimento com seu pai está resolvido, então qual seria o assunto que ele quer conversar? Roberson percebe a curiosidade dela e continua a falar:

— Marquei este almoço para comunicar ao senhor que pretendo me casar com Anny. Vou aguardar a Giovanna chegar de viagem para formalizar o pedido.

Ela sente seu coração acelerar ao ouvir essas palavras. O senhor Gomes sorri, feliz por sua filha, e responde:

— Se for pela minha permissão, o senhor pode se casar com minha filha.

Ela olha para seu pai e comenta:

— Fico feliz por aceitar o nosso casamento.

O senhor Gomes pergunta quando eles pretendem se casar?

— Pretendo me casar logo, assim que Giovanna chegar. Provavelmente, em duas ou três semanas. Será na minha casa, com poucos convidados. Está tudo organizado. Vou conversar com o padre às 19h hoje e mandei um telegrama para Jonas informando sobre o casamento. Não quero atrapalhar a viagem deles.

Anny fica surpresa ao escutar todas essas palavras. Ele já estava com tudo planejado. Seu pai fica feliz. Olhando para os dois, o senhor Gomes os parabeniza e lhes deseja felicidade. Roberson promete cuidar dela. Os dois se abraçam e não conseguem esconder a alegria. Então eles começam a almoçar, conversam e riem muito, ficando um clima agradável entre eles.

Roberson conta como eles se conheceram, ao levar três funcionários para ajudá-la na fazenda. Porém, como Anny é independente, ela não gostou da sua atitude e ficou contrariada no começo, olhando para os rapazes. No fim, ela acaba aceitando. E comenta também que Anny é uma mulher de personalidade forte, filha única criada pela mãe, que não gosta muito de aceitar ajuda de outra pessoa. Todos riem e o senhor Gomes pergunta:

— Senhor Samper, vocês irão morar na mansão ou na fazenda? Giovanna vai morar em Londres.

— Não conversamos sobre esse assunto. Decidiremos depois – Roberson responde. Então ele pensa por uns instantes e diz, olhando para Anny: – Se formos morar na mansão, não vamos vender a fazenda. Podemos administrá-la e contratar um casal para morar lá.

Ela fica admirada com a resposta dele e pensa em como ele é inteligente. O senhor Gomes comenta:

— Concordo com você. É a melhor solução. Você conhece alguém para morar na fazenda? – pergunta o pai dela

— Não conheço. Não pensei nisso ainda... – Roberson responde e completa: – Resolveremos depois. Bem, estamos indo, senhor Gomes.

Dizendo essas palavras, eles se despedem e saem.

Duas semanas se passam. Anny e Roberson vão à cidade para almoçarem com Giovanna e Jonas e oficializar o pedido de casamento. Aos vê-los, Giovanna levanta-se para abraça-los e inicia-se uma conversa agradável. Roberson olha para Giovanna e faz o pedido:

— Giovanna, quero pedir a mão de Anny em casamento.

Ela sorri e diz para ele:

— Eu dou a permissão, a minha benção. Desejo muita felicidade para ambos.

Ele agradece com um perto de mão, muito sorridente com a resposta da sua futura sogra. Depois do almoço, Anny vai às compras com sua mãe, e Roberson e Jonas vão à igreja para definir o dia do casamento.

Giovanna ajuda a filha a escolher o vestido de noiva. Anny, por sua vez, ajuda sua mãe com a escolha do vestido para a festa. Os rapazes se encontram com as mulheres e eles decidem ir embora. Estão todos animados com os preparativos da festa. Roberson vai para sua casa, enquanto os três voltam para a fazenda.

Ao chegar, Anny vai direto ao celeiro para ver o Trovão e cavalgar. Ela irá vê-lo sempre que possível. Sente saudades do animal, mas sua ausência é por um grande motivo, que envolve sua felicidade com o homem que ela ama.

Anny entrega o animal para o Walther e convida os funcionários para a cerimônia do seu casamento. Então entra em sua casa e encontra sua mãe conversando com o Jonas. Ela se junta a eles e decidem os detalhes da festa.

Após o jantar, Giovanna e Jonas vão descansar da viagem.

Passa-se mais uma semana e finalmente chega o tão esperado dia.

Roberson vai até a casa de sua noiva para buscá-la no final da tarde. Com uma conversa animada, eles voltam à mansão.

Anny vai para o quarto de hóspede para se arrumar e pede ajuda para Alice. Ela parece uma princesa: seu vestido tem cauda longa e decote sensual de tule; seu cabelo está solto, com uma tiara de brilhantes, e sua maquiagem é leve. Para completar, o buquê, feito de rosas naturais.

Linda, Anny fica diante do espelho. Está pronta para o dia mais esperado de sua vida. Seu coração acelera e ela fica ansiosa. Está chegando a hora de descer as escadas. A criada percebe que ela fica pensativa e diz:

— Vamos, Anny. Daqui a pouco o senhor Samper vai achar que desistiu.

Ela olha para a criada e sorri. Logo estará casada com seu grande amor.

Anny desce as escadas e seu pai está à sua espera, com um largo sorriso. Os convidados estão no jardim, esperando a chegada da noiva. A decoração está perfeita para a ocasião ao ar livre. O jardim tem bastante espaço e foi feito um arco com flores de capim dos pampas, rosas brancas, lírios e tulipas.

O padre espera próximo ao arco para celebrar a cerimônia. Junto a ele o noivo, que se mostra ansioso com o casamento.

As mesas estão decoradas com vasos de flores, acompanhando as mesmas flores do arco. O corredor com luzes de led por cima das mesas ilumina o local da refeição e deixa o jardim muito aconchegante.

Os convidados ficam admirados ao ver a Anny, com sua beleza radiante, indo ao encontro do noivo. Roberson está usando um lindo terno marrom.

O padre começa a celebrar a cerimônia. Anny se emociona ao dizer sim. O padre abençoa as alianças, que já estão nos dedos dos noivos. Então ele diz:

— Estão casados. Os noivos podem se beijar.

Eles se beijam. Após a cerimônia, já no local da festa, a música escolhida pelos recém-casados começa a tocar. Anny dança com o pai e Roberson com Giovanna. Em seguida, o senhor Gomes concede uma dança a Jonas.

Roberson e Anny ficam pouco tempo na festa. Logo vão para a mansão para ficarem a sós. Os convidados brincam, gritando que os noivos estavam fugindo. Anny sorri com os comentários dos convidados.

Roberson a pega em seus braços. Eles entram no quarto e começam se beijar. Ela passa seus braços em torno de seu pescoço, deita-se na cama e o puxa para junto de si. Ele sorri com o atrevimento de sua amada e diz:

— A mocinha é apressada.

Anny responde sorrindo:

— Sou esperta, pegando o que é meu por direito. Quero aproveitar cada minuto.

— Querida, eu te amo. Estou preso a você para sempre. Eu me apaixonei perdidamente quando te conheci.

Ela sorri e o beija, livrando-se do vestido. Rindo, ele diz:

— Espera, amor. Vou te ajudar.

Eles sentem seus corpos ardentes, loucos para saciarem seus desejos.

Eles querem viver intensamente sem medo de serem felizes. Eles aumentam as carícias, os beijos se tornam mais atrevidos, com sentimentos verdadeiros. A paixão entre ambos é mútua.

Ela fecha os olhos, sentindo as mãos dele em seu corpo, de suas bocas saem gemidos de prazer. Os dois prometeram amar um ao outro no fogo da paixão, o verdadeiro amor que muitas pessoas tentam viver de corpo, alma e coração. Anny está feliz por encontrar o amor da sua vida. Ela não pensa no futuro, só no momento que está vivendo e no sentimento forte que os une.

Amanhece e eles vão para Londres, para pegarem o avião com destino a Cancun, destino da lua de mel, onde fizeram reservas no Hotel Oasis. No hotel, Anny admira o ambiente. O local é enorme, moderno e muito conservado, com muitas opções de lazer, várias piscinas e vários restaurantes. O Grand Oasis Cancun é um resort e spa quatro estrelas à beira-mar. Roberson e Anny aproveitam bastante o passeio e visitam outras praias.

As praias de Cancun, no México, são lindas. Elas têm uma areia branquinha e a cor do mar é de um azul incrível. Das outras praias que visitam, Anny gosta das praias de Tortuga, Riu Caribe e Langosta. Elas quase não têm ondas e o mar é muito azul. Eles viajaram durante quinze dias e foram dias muito felizes. Anny ficou deslumbrada com cada lugar visitado. Ao voltarem, eles seguem para a mansão, com presentes para todos os funcionários, incluindo os da fazenda.

Katia faz o jantar para os dois, que logo em seguida vão descansar. Anny está muito feliz com seu grande amor.

No dia seguinte, ao amanhecer, a jovem acorda com um beijo de Roberson e olha para ele com um lindo sorriso. Ele diz:

— Vamos à fazenda?

Ela fica feliz em ouvir tais palavras e responde:

— Sim! Quero muito ver o Trovão.

Roberson olha para ela e comenta:

— Sabia que ficaria feliz.

Eles tomam banho, arrumam-se, tomam café e saem. Na fazenda, entregam os presentes para os funcionários e Anny sai para cavalgar com Trovão. Roberson a acompanha e eles relembram os bons momentos, quando se conheceram e riem bastante. O passeio é muito agradável. De volta ao celeiro, deixam os animais, despedindo-se deles.

Giovanna e Jonas estão morando em Londres. Dois meses depois, Roberson e Anny vão visita-los. Anny decide sair com sua mãe para fazer compras e os homens ficam em um bar esperando por elas. O bar é constituído de pequenas salas forradas de madeira, perfeitas para uma boa conversa, um ambiente agradável para se jantar.

Roberson pede um drinque para os dois. Duas horas depois as duas chegam, eles pedem o cardápio e fazem os pedidos. Após o jantar, Anny passa mal e eles precisam ir embora.

No dia seguinte eles vão ao médico devido ao mal-estar da jovem e o médico Andrew pede vários exames. Horas depois eles voltam ao consultório e, para completar a felicidade de ambos, o Dr. Andrew lhes dá a notícia de que Anny está grávida. Roberson não consegue esconder sua felicidade. Ele a abraça, sorri e a beija. Ela também fica muito feliz com a notícia.

Ao chegarem à casa da mãe de Anny, eles já vão logo falando que em breve ela será avó. Feliz, Giovanna abraça a filha, e Jonas dá os parabéns para os dois.

Roberson e Anny voltam para a mansão já pensando na decoração do quarto do bebê.

Os dias seguem e o amor entre eles só aumenta. Com um simples olhar eles já entendem o pensamento um do outro. A conexão entre ambos é muito forte. E o nascimento da filha só completará a felicidade dos dois.

O amor é o sentimento mais profundo, duradouro e estável numa relação de reciprocidade e cuidado com a pessoa amada. O amor deve envolver emoções, paixão, comprometimento, atração e afeto. E o tempo define se esses sentimentos sobrevivem ou não.

Patrocinadores

Dubai Distribuidora de Bebidas
Valnei Batista Martins
Flores Odontologia
Grupo Flores
Bruno Gonçalves Flores
Neurologista Luis Felipe Ragazzi Quirino Cavalcante
Eliane Vincensi Simões
Clínico geral Felipe Garcia Rodrigues
Cirurgiã dentista Lilian Cambuhy Albarello
Rosita Mendes
Perla Dominga Arguelho
Secretário de Cultura de Maracaju, Rafael Fernandes Jara